공부가 되는

세계명 단편 1

〈공부가 되는〉 시리즈 ❹

공부가 되는
세계명단편 1

초판 1쇄 인쇄 2012년 12월 31일
초판 2쇄 발행 2014년 11월 19일

원작 오 헨리 외
엮음 글공작소

책임편집 주리아
책임디자인 전소영

펴낸이 이상순
주 간 서인찬
편집장 박윤주
기획편집 유명화, 김설아, 서한솔
디자인 유영준, 김혜림
마케팅 홍보 이상광, 이병구, 김태양, 박순주

펴낸곳 (주)도서출판 아름다운사람들
주소 (413-756) 경기도 파주시 화동길 103
대표전화 (031)955-1001 **팩스** (031)955-1083
이메일 books777@naver.com
홈페이지 www.books114.net

ⓒ2013, 글공작소
ISBN 978-89-6513-209-7 13800
ISBN 978-89-6513-212-7 (세트)

공부가 되는
세계명 단편 1

원작 오 헨리 외 | **엮음** 글공작소 | **추천** 오양환 (前 하버드대 교수)

아름다운사람들

아이들이
『공부가 되는 세계명단편』을
읽으면 좋은 이유

1 위대한 문학이 사람의 생각을 바꿉니다.

역사적으로 위대한 성인이나 세상을 바꾼 사람들은 늘 문학을 가까이하며 아꼈습니다. 스티브 잡스는 셰익스피어 책을 끼고 살았고 아인슈타인은 당대의 위대한 문인들과 교류하였으며 간디는 톨스토이를 존경했고 자신의 고민을 그와 편지로 나누기도 했습니다. 그래서 그들은 엔지니어에서 세상을 바꾼 사람으로, 단순한 과학자에서 평화를 지키는 과학자로, 변호사에서 세기의 성인으로 다시 태어날 수 있었습니다.

우리는 문학을 통해 우리가 경험할 수 없는 다양한 계층과 인종, 다양한 생각과 삶의 방식을 만날 수 있습니다. 이처럼 나와 다른 삶과 생각을 만남으로써 우리는 인간에 대한 이해와 배려, 사람에 대한 통찰력을 기를 수 있습니다.

2 감동과 여운 그리고 자신의 꿈을 키울 수 있습니다.

양치기 소년의 순수한 사랑을 담은 알퐁스 도데의 「별」, 당시 스위스의 정치적 상황을 위트 있게 담아 낸 프리드히리 실러의 「빌헬름 텔」, 허영심 많은 인간의 모습을 재치 있게 풍자하고 있는 기 드 모파상의 「목걸이」, 악은 악으로 다스릴 수 없다는 교훈과 함께 인간의 본성을 심도 있게 다룬 러시아의 대문호 레프 니콜라예비치 톨스토이의 「대자」 등은 잔잔한 감동과 함께 인간의 모습에 대해서 그리고 있습니다. 이러한 좋은 문학 작품은 인간을 사랑하게 하는 영혼의 양식과도 같습니다. 작품 속에 그려진 인간들의 모습을 통해 우리는 인간을 이해하고 그에 따른 존엄성을 느낄 수 있기 때문입니다.

3/ 교과서에 나오는 세계대표단편을 뽑았습니다

『공부가 되는 세계명단편』은 우리 아이들이 중·고등학교의 학과 수업이나 교과서를 통해 반드시 배우게 되는 문학 작품뿐 아니라 세계를 대표한다고 할 수 있는 가장 빼어난 문학 작품을 선별하여 소개합니다. 이 책에 실린 각 작품들은 삶의 소중한 가치를 비롯해, 인간의 본성과 사랑의 위대함 등을 완성도 높은 문학성으로 보여 줍니다. 좋은 문학 작품이 사람들의 기억에 남아 삶의 밑거름이 되듯, 세계명단편은 시대를 뛰어 넘어 지금까지도 꾸준히 대중들에게 사랑받으면서 그 작품성을 인정받고 있습니다. 우리 아이들은 세계 여러 작가들의 작품을 접하면서 다시 한 번 내면의 거울을 심도 있게 바라볼 수 있는 기회를 갖게 될 것입니다.

4/ 공부의 즐거움을 깨치는 〈공부가 되는〉 시리즈

〈공부가 되는〉 시리즈는 공부라면 지겹게만 여기는 우리 아이들에게 공부의 즐거움을 깨쳐 주면서 아울러 궁금한 것이 많은 우리 아이들의 지적 호기심을 동시에 해결해 주는 시리즈입니다. 공부의 맛과 재미는 탄탄한 기초 교양의 주춧돌 위에 세워질 때 그 효과가 배가됩니다. 그리고 그 기초 교양은 우리 아이들이 학습에서 자기 주도적 능력을 이끌어 내는 데 큰 밑거름이 됩니다. 『공부가 되는 세계명단편』은 예술성 높은 세계 문학의 감동과 위대함을 고스란히 전달하면서 우리 아이들의 감성과 인간 및 세계에 대한 통찰력을 동시에 높여 줄 것입니다. 부디 우리 아이들이 이 책을 통해 세계 문학과 문화에 대한 안목 그리고 무궁무진한 상상력과 사고력을 함께 배양하기를 바랍니다.

「마지막 잎새」

오 헨리

> 점점 더 빨리 떨어지고 있어. 사흘 전만 해도 저 줄기에 잎이 100개는 있었단 말이야. 하나하나 세느라 머리가 다 아팠었지. 하지만 지금은 아주 쉬워졌어. 아, 방금 또 하나 떨어졌다. 이제 다섯 남았어.

> 존시, 도대체 뭐가 다섯이라는 거야?

> 잎새 말이야, 잎새. 저기 저 담쟁이덩굴에 달린 잎새들. 마지막 잎새가 떨어지면 나도 저세상으로 가는 거야. 사실 사흘 전부터 알고 있었어. 의사 선생님도 그렇게 말씀하셨지?

워싱턴 광장의 서쪽에는 조그만 마을이 하나 있어요. 이 마을의 길은 제멋대로 마구 뻗어 나가며 거미줄처럼 서로 얽혀 있었어요. 사람들은 이곳을 '작은 땅'이라는 뜻을 가진 그리니치 마을이라고 불렀어요. 이 작은 땅의 골목이 어찌나 복잡한지, 길을 따라 걷다 보면 어느새 출발했던 자리로 되돌아와 있을 정도였어요.

이 미로 같은 마을을 두고 한 가난한 화가가 기막힌 생각을 떠올렸어요. 만약 이 마을에 화방 직원이 물감이나 도화지 외상값을 받으러 온다면 어떻게 될까요? 아마 직원은 계속 같은 곳만 빙빙 돌다가 자신도 모르는 새에 왔던 길을 되돌아 나가고 있을 거예요. 외상값은 한 푼도 받아 내지 못한 채 말이지요!

그래서일까요? 이 낡은 그리니

치 마을에 화가들이 하나둘씩 모여들기 시작했어요. 화가들은 이 마을의 독특한 집을 좋아했어요. 북쪽으로 난 창문, 18세기 방식처럼 'ㅅ' 자로 이은 지붕, 그리고 네덜란드풍 다락방까지 마음에 쏙 들었지요. 하지만 뭐니 뭐니 해도 가장 좋은 것은 집세가 아주 싸다는 점이었어요. 화가들은 6번가에서 컵과 조그마한 난로를 사 들고 그리니치 마을에 자리를 잡았어요. 이렇게 해서 작은 땅 그리니치 마을은 '예술가 마을'이 되었지요.

수와 존시 역시 그리니치 마을을 찾아온 젊은 화가였어요. 두 사람은 아담한 벽돌집 3층 꼭대기에 조그마한 작업실을 마련했어요. 존시의 이름은 원래 조안나로, 존시는 그녀의 애칭이에요.

수는 메인 주, 존시는 캘리포니아 주에서 왔어요. 전혀 다른 곳에서 온 두 사람은 그리니치 마을의 8번가에 있는 델모니코 식당에서 밥을 먹다가 우연히 만났어요. 이야기를 나누어 보니 자신들이 예술뿐만 아니라 여러 가지 면에서 꽤 잘 맞는다는 사실을 알게 되었지요. 샐러드를 좋아하는 것도 그렇고, 옷 스타일도 서로 비슷했던 거예요. 어느덧 친해진 두 사람은 공동 작업실을 구하여 그림을 그리게 되었어요. 벌써 지난 5월의 이야기지요.

그런데 11월이 되자 불청객이 나타났어요. 이 무시무시한 손님의 이름은 바로 '폐렴'이었어요. 폐렴은 가난한 마을을 골라 다니며 얼음같이 차가운 손가락을 사람들에게 스윽 가져다 댔어요. 이렇게 수십 명의 목숨을 빼앗은 폐렴은 마침내 그리니치 마을에도 모습을 드러냈어요.

그러나 복잡하기 그지없는 '작은 땅' 그리니치 마을앞에서는 폐렴도 별 수 없었던 모양이에요. 그리니치 마을의 예술가들은 크게 피해를 입지 않았으니 말이에요. 하지만 존시는 아니었어요. 1년 내내 햇빛이 따사롭게 비치는 캘리포니아에서 자라난 존시는 폐렴의 싸늘한 손길을 견뎌 낼 수 없었던 거예요.

폐렴에 걸린 존시는 페인트칠을 한 철제* 침대에 누워 꼼짝도 못하는 신세가 되었어요. 존시가 할 수 있는 일이라고는

오 헨리 시대의 폐렴

폐렴은 바이러스, 곰팡이 등으로 인한 감염으로 발생하는 폐의 염증을 말해요. 「마지막 잎새」의 배경이 된 1900년대는 항생제가 개발되기 전이었어요. 그래서 폐렴에 걸리면 사망률이 30% 이상에 달할 정도로 폐렴은 위험한 질환이었지요.

이후 1940년대에 항생제가 개발되고 나서 폐렴은 쉽게 치료할 수 있는 질병이 되었어요. 오늘날에는 폐렴에 걸려도 적절한 치료를 받으면 2주 정도면 완치가 된다고 해요. 그러나 일부 개발도상국에서는 폐렴이 여전히 주요 사망 원인 중 하나예요.

철제 … 쇠로 만든 물건.

조그만 유리창 너머로 이웃 벽돌집의 담벼락을 쳐다보는 것
뿐이었어요.

어느 날 아침이었어요. 존시를 진찰한 의사가 눈썹을 찌푸
리며 수를 복도로 불러냈어요.

"저 아가씨의 병이 나을 가능성은 10퍼센트입니다."

의사는 손에 쥔 체온계를 흔들어 수은을 내리면서 조용히
말을 이었어요.

"하지만 그 가능성도 일단 환자가 스스로 살고 싶어 할 때
의 이야기입니다. '나는 이대로 죽고 말 거야.' 이런 생각을 가
진 환자는 아무리 좋은 약을 먹어도 소용이 없습니다. 그런데
저 아가씨는 이미 포기한 사람 같더군요. 혹시 평소에 관심
있어 했다거나 그런 게 있습니까?"

"저, 존시는 언젠가 나폴리 만을 꼭 그려 보고 싶다고 했어
요."

수가 대답했어요.

"그림이라, 뭐 다른 건 없습니까? 좀 더 골똘히 생각할 수
있는 걸로 말이지요. 예를 들면 남자 친구라든가……."

"남자 친구요?"

수가 어이없다는 듯 말했어요.

"아니에요, 선생님. 존시는 남자 친구가 없어요."

"음, 이것 참 곤란하게 됐군요. 일단 나도 최선을 다해 치료해 보겠습니다. 하지만 환자가 '내가 죽으면 장례식엔 누가 와 줄까?' 이런 생각을 하고 있으면 나을 병도 안 낫는 법입니다."

의사는 말을 계속했어요.

"만약 저 아가씨가 '올 겨울에는 어떤 옷이 유행할까?' 이렇게 묻는다면, 내 장담하지요. 병이 나을 가능성은 10퍼센트가 아니라 20퍼센트로 뛸 겁니다."

의사가 돌아간 뒤 수는 작업실에 들어갔어요. 거기에서 손수건이 흠뻑 젖을 정도로 실컷 울었어요. 그런 다음 화판을 겨드랑이에 끼고, 휘파람을 불면서 활기찬 태도로 존시의 방에 들어갔어요. 존시에게는 밝은 모습을 보여 줘서 안심시키려 한 것이지요.

존시는 얼굴을 창문 쪽으로 향한 채 꼼짝 않고 누워 있었어요. 아무래도 잠이 든 것 같았어요. 수는 휘파람을 멈추고 화판에 그림을 그리기 시작했어요. 어느 잡지 소설의 삽화*였지요. 수는 잡지에 실릴 소설의 삽화를 그리며 생계를 꾸려 나가고 있었어요.

삽화 ··· 책 · 신문 · 잡지 따위에서, 내용을 보충하거나 기사의 이해를 돕기 위하여 넣는 그림.

소설의 주인공은 미국 아이다호에 사는 카우보이였어요.
수는 카우보이에게 화려한 승마복을 입힌 뒤 얼굴에 외눈 안
경을 씌워 주었어요. 그때였어요. 침대 쪽에서 무어라 나지막
하게 중얼거리는 소리가 들려왔어요. 수는 얼른 침대 곁으로
다가갔어요.

존시는 깨어 있었어요. 창밖을 뚫어져라 바라보며 수를 세
고 있었지요. 그것도 거꾸로 말이에요.

"열둘."

하고는 좀 있다가,

"열하나……, 열……, 아홉."

그러다 거의 동시에,

"여덟, 일곱."

존시는 무엇을 세고 있는 것일까요? 수는 이상한 마음에 창
밖을 내다보았어요.

하지만 보이는 것이라고는 이웃 벽돌집의 담벼락뿐이었어
요. 그리고 밑줄기가 울퉁불퉁한 것이, 꽤나 오래된 듯한 담
쟁이덩굴이 벽을 타고 늘어져 있었어요. 차가운 가을바람이
잎을 거의 떨어뜨린 탓에, 줄기는 해골처럼 앙상하게 담벼락
에 달라붙어 있었지요.

“존시, 뭐하고 있는 거야?”

수가 물었어요.

“여섯.”

존시가 속삭이는 듯 낮은 목소리로 말했어요.

“점점 더 빨리 떨어지고 있어. 사흘 전만 해도 저 줄기에 잎이 100개는 있었단 말이야. 하나하나 세느라 머리가 다 아팠었지. 하지만 지금은 아주 쉬워졌어. 아, 방금 또 하나 떨어졌다. 이제 다섯 남았어.”

“존시, 도대체 뭐가 다섯이라는 거야?”

“잎새 말이야, 잎새. 저기 저 담쟁이덩굴에 달린 잎새들. 마지막 잎새가 떨어지면 나도 저세상으로 가는 거야. 사실 사흘 전부터 알고 있었어. 의사 선생님도 그렇게 말씀하셨지?”

“아니, 전혀! 그런 바보 같은 이야기가 어디 있니?”

수는 깜짝 놀라 큰 소리로 외쳤어요.

“저 오래된 담쟁이덩굴이 네 병과 무슨 상관이 있다는 거야? 이상한 소리 마. 오늘 아침에 의사 선생님이 그러시더라. 글쎄, 네 병이 나을 확률이 90퍼센트라는 거야! 네가 위험한 건 고작 10퍼센트일 뿐이지. 뉴욕처럼 이렇게 큰 도시에서는 말이야, 그 정도 위험은 아무것도 아니야. 누구든지 전차를

타거나 공사 중인 건물 옆을 지나가다가 다칠 수 있는 법이
지. 네 병은 그 정도로 가벼운 거라고.”

수는 계속해서 말했어요.

“그러니까 기운 내서 수프라도 좀 먹어 봐. 그래야 내가 마
음 놓고 그림을 그리지. 그림을 팔아서 돈이 생기면 아픈 너
에게 줄 포도주를 살 거야. 뭐든 잘 먹는 내가 먹을 돼지갈비
도 좀 사고.”

“포도주는 살 필요 없어.”

존시는 창밖에서 눈을 떼지 않은 채 말했어요.

“또 하나 떨어졌네. 수프는 먹고 싶지 않아. 이제 잎은 겨우
네 개 남았는걸. 어두워지기 전에 마지막 잎새가 떨어지는 걸
보고 싶어. 그러면 나도 가는 거야.”

“존시!”

수는 존시를 향해 몸을 구부렸어요.

“내가 일을 끝낼 때까지 눈을 감고 창밖을 보지 않겠다고
약속해 주지 않을래? 저 그림을 내일까지 꼭 가져다줘야 하거
든. 마음 같아서는 확 커튼을 내리고 싶지만, 어두우면 그림
을 그릴 수 없으니까…….”

“다른 방에서 그리면 되잖아?”

존시가 냉정하게 대꾸했어요.

"네 옆에 있고 싶어서 그래. 솔직히 말해서, 네가 하루 종일 저 담쟁이덩굴만 쳐다보는 것도 마음에 안 들고."

"…… 어쩔 수 없지. 그림을 다 그리거든 말해 줘."

존시는 눈을 감았어요. 그리고 핏기 하나 없는 창백한 얼굴로 중얼거렸어요.

"마지막 잎새가 떨어지는 건 꼭 보고 싶거든. 이제는 기다리는 것도 힘이 들어. 무언가 생각하는 것도 지긋지긋해. 그냥 이대로 뚝 떨어져서 사라져 버리고 싶어. 저 가엾은 잎새처럼 말이야……."

"존시, 아무래도 잠을 좀 자는 게 좋겠다."

수가 말했어요.

"나는 베어먼 할아버지에게 다녀올게. 늙은 광부 모델을 좀 해 달라고 부탁해야 하거든. 곧 돌아올 테니까 움직이지 말고 푹 쉬고 있어."

베어먼 노인은 같은 건물 1층에 사는 화가였어요. 나이는 이미 예순이 넘었으며, 꼬마 도깨비처럼 작은 몸집을 지녔지요. 머리는 그리스 신화에 나오는 몸의 반이 짐승인 신 같았고, 곱슬곱슬한 수염은 미켈란젤로가 대리석에 새긴 모세의 수염과 아주 비슷했어요.

사실 베어먼 노인은 예술가로서는 이미 실패한 인생이었어요. 40년 동안 붓을 붙잡고 꾸준히 그림을 그렸다지만 그뿐이었어요. 그는 예술의 여신 치맛자락조차 붙잡지 못했어요. 상을 받은 적도, 사람들의 인정을 얻지도 못했지요. 베어먼 노인은 언젠가 자신이 걸작을 그릴 거라며 입버릇처럼 말해 왔지만 정작 그림에는 손도 대지 못했어요. 게다가 최근 몇 년 동안 베어먼 노인이 그린 것이라고는 광고용 그림 몇 점이 전부였어요.

베어먼 노인은 이곳 예술가 마을에 사는 젊은 화가들의 모델을 해 주며 생계를 유지하고 있었어요. 가난한 화가들에게는 전문적인 모델을 구할 만한 돈이 없었기 때문이에요. 그렇게 해서 번 돈으로 술을 마셨어요. 그러고는 이내 떵떵거리며 이렇게 외쳤지요.

"두고 봐, 내가 걸작을 그리고 말 테니까!"

하지만 베어먼 노인에게도 꽤 꼿꼿한 면이 있었어요. 마음이 약해진 사람을 보면 호되게 꾸짖어 주기도 했지요. 그는 3층에 사는 두 젊은 예술가인 수와 존시를 자신이 지켜 주고 있다고 여겼어요.

수는 1층으로 내려갔어요. 베어먼 노인은 어두컴컴한 지하
실에 앉아 독한 술 냄새를 풍기고 있었어요. 지하실 구석의
이젤*에는 붓질 한 번 하지 않은 캔버스*가 놓여 있었어요.
걸작을 25년 동안이나 기다려 온 바로 그 캔버스였지요.

"할아버지, 제 이야기 좀 들어 보세요."

수는 베어먼 노인에게 존시의 이야기를 털어놓았어요.

"글쎄, 존시가 창밖의 담쟁이덩굴 잎이 다 떨어지면 자기도
죽을 거라지 뭐예요. 이러다가 정말 세상을 떠나기라도 하면
어떻게 하지요?"

수의 이야기에 베어먼 노인의 눈시울이 점점 붉어졌어요.
노인은 눈물이 잔뜩 고인 채 큰 소리로 수를 야단쳤어요.

"담쟁이 잎이 떨어지면 자기도 죽는다니, 그런 어처구니없
는 이야기는 처음 들어 봐! 젊은 사람이 그렇게 바보 같은 소
리나 하고 있다니. 그래, 존시가 그런 생각을 할 동안 아가씨
는 도대체 무얼 했나? 이만 돌아가게! 나는 자네들처럼 한심
한 젊은이의 모델이 될 마음은 없으니까."

"병을 심하게 앓다 보니 마음까지 약해졌나 봐요. 어쨌든
할아버지가 싫으시다니 어쩔 수 없지요. 이만 올라가 볼게요.
하지만 정말 너무하세요!"

이젤 ··· 그림을 그릴
때 그림판을 놓는 틀.

캔버스 ··· 유화를 그릴
때 쓰는 천.

수가 섭섭하다는 듯 말했어요. 그러자 베어먼 노인이 외쳤어요.

"여자들은 정말 어쩔 수 없구먼! 내가 언제 모델이 안 된다고 했나? 자, 어서 가자고. 사실 난 30분 전부터 아가씨 모델이 될 생각이었어. 정말이라니까? 그나저나 이 마을은 착한 아가씨들이 아파서 누워 있을 곳이 못 돼. 내가 걸작을 그리면 다 같이 이곳을 빠져나가자고. 암, 그렇게 되고말고!"

두 사람이 3층에 올라가 보니 존시는 이미 잠들어 있었어요. 수는 커튼을 친 뒤 베어먼 노인에게 손짓으로 옆방을 가리켰어요.

그들은 옆방에서 유리창 너머로 창밖을 내다보았어요. 이제 담쟁이덩굴의 잎은 정말 몇 장 남아 있지 않았어요. 두 사람은 우울한 얼굴로 서로를 마주 보았어요. 어느새 창밖에는 눈이 섞인 차가운 비가 내리고 있었어요.

베어먼 노인은 낡아 빠진 파란색 셔츠 차림으로, 바위 대신 엎어 놓은 솥 위에 앉아 광부 자세를 취했어요. 베어먼 노인이 돌아간 뒤에도 수는 밤새 그림을 그렸어요.

다음 날 아침이었어요. 수가 한 시간 정도 자다 눈을 떴을 때였어요. 존시는 퀭한 얼굴로 창문에 드리워진 커튼을 바라

보고 있었어요.

"수, 커튼을 좀 걷어 줘. 담쟁이덩굴이 보고 싶어."

존시가 힘없는 목소리로 말했어요. 수는 마지못해 커튼을 걷었어요.

그런데 이게 어찌 된 일일까요? 밤새 거친 비바람이 몰아쳤는데도 담쟁이덩굴에 잎새 하나가 매달려 있지 뭐예요! 그것은 덩굴에 달린 마지막 잎새였어요. 아래쪽은 거무스름한 초록빛을 띠고, 들쭉날쭉한 가장자리는 노랗게 물들어 있었지요. 잎은 땅 위에서 6미터 가량 떨어진 줄기에 꿋꿋하게 매달려 있었어요.

"마지막 잎새구나."

존시가 말했어요.

"틀림없이 다 떨어졌을 거라 생각했어. 밤새 바람 소리가 그치지 않았으니까. 어제는 운이 좋아서 버텼다지만, 오늘은 떨어지고 말 거야. 그러면 나도 저 잎새와 함께 가겠지……."

"그런 소리가 어디 있어!"

수는 초췌한 얼굴을 베개에 기대며 말했어요.

"존시, 내 생각도 좀 해줘. 네가 자꾸 안 좋은 소리만 하면 나는 도대체 뭘 어떻게 해야 하니?"

존시는 아무런 대답이 없었어요. 아무도 가 본 적 없는 머
나먼 곳으로 떠나기 위해 준비하는 것처럼 쓸쓸하고 외로운
일은 없을 거예요. 지금 존시는 수와의 우정을 비롯해서, 그
동안 자신을 세상에 묶어 두고 있었던 매듭들을 하나씩 풀어
내고 있었어요.

어느덧 날이 저물었어요. 잎새는 여전히 담쟁이덩굴 줄기
에 단단히 매달려 있었어요. 불그스름한 저녁노을 속에서도
뚜렷하게 보였지요.

이윽고 밤이 되자 또 매서운 북
풍이 몰아치기 시작했어요. 빗줄
기는 거칠게 창문을 두드리고, 나
지막한 처마에서는 빗물이 뚝뚝
흘러내렸어요.

날이 밝자, 존시는 또 커튼을 걷
어 달라고 부탁했어요. 잎사귀는
어제와 마찬가지로 담쟁이덩굴 줄
기에 그대로 달라붙어 있었어요.

존시는 침대에 누워 한참 동안
그 잎사귀를 묵묵히 바라보았어

1952년 미국에서 오 헨리의 단편 5개
를 5명의 감독들이 각각 맡아서 『오 헨
리의 풀하우스』라는 영화를 만들었어
요. 영화화된 오 헨리의 단편은 「나팔
소리」, 「인디언 추장의 몸값」, 「동방박
사의 선물」, 「경관과 찬송가」 그리고
「마지막 잎새」가 있지요.
당시 유명한 감독이 영화를 맡고 인기
배우들이 많이 출연해서 화제가 되었
다고 해요. 이렇게 영화화 될 정도라고
하니 오 헨리 단편 소설의 인기를 알
만하지요?

요. 수는 가스난로 위에 올려둔 닭고기 수프를 휘젓고 있었어요. 존시는 조용히 수를 불렀어요.

"수, 내가 잘못 생각했나 봐."

존시가 말했어요.

"내가 자꾸 바보 같은 생각만 하니까, 무언가가 저 잎새를 담쟁이덩굴에 계속 붙들어 두고 있는 게 분명해. 내 생각이 나빴다는 걸 가르쳐 주고 싶은가 봐. 이제 알겠어. 죽고 싶어 하는 건 나쁜 짓이라는 사실을. 저기 수, 수프를 좀 가져다줘. 포도주를 넣은 우유도 함께 말이야. 아, 그 전에 잠깐 손거울 좀 집어 줘. 그리고 베개를 등 뒤에 좀 받쳐 줄래? 일어나 앉아서 네가 요리하는 모습을 보고 싶어."

한 시간 후, 존시가 다시 입을 열었어요.

"수, 나는 언젠가 꼭 나폴리 만을 그리고 싶어."

오후가 되자 의사가 찾아왔어요. 의사가 돌아가려 하자 수는 존시에게 대충 둘러대고 복도로 따라 나왔어요.

"이제 희망은 반반입니다."

의사는 수의 떨리는 손을 붙잡으며 말했어요.

"간호만 잘하면 이제 저 아가씨의 승리입니다. 자, 이제 나는 아래층에 가서 다른 환자를 좀 봐야겠군요. 베어먼이라는 노인인데, 아마 화가인 것 같더군요. 그 사람도 폐렴에 걸렸습니다. 노인이라 몸이 약해서 그런지 상태가 아주 안 좋더군요. 다시 일어날 가망이 거의 없어 보입니다."

다음 날 의사는 수에게 말했어요.

"축하합니다. 아가씨가 이겼어요! 이제 위험한 고비는 지났습니다. 남은 건 충분한 영양 섭취, 그리고 푹 쉬는 것뿐입니다."

그날 오후, 존시는 파란색 털실로 목도리를 뜨고 있었어요. 수는 존시에게 다가가서 이불이고 뭐고 할 것 없이 와락 껴안았어요.

"내 소중한 친구 존시, 너에게 할 이야기가 있어."

수가 어딘가 울음을 머금은 듯한 목소리로 말했어요.

"베어먼 할아버지가 오늘 병원에서 폐렴으로 세상을 떠나셨어. 쓰러지신 지 고작 이틀밖에 안 됐는데……. 병이 나던 날 아침, 관리인이 할아버지 방에 가 보니 이미 끙끙 앓고 계셨대. 구두도 옷도 비에 흠뻑 젖어서는 온몸이 얼음장처럼 싸늘했다는 거야. 비바람이 그렇게나 무섭게 몰아쳤는데, 간밤에 어디를 갔다 온 건지 아무도 몰랐다나 봐. 그런데 그 옆에 불이 켜진 손전등이랑 흙이 묻은 사다리, 붓 두세 자루 그리

고 초록색과 노란색 물감을 푼 팔레트가 있었다는 거야.

　존시, 창밖을 좀 보렴. 저기 저 벽에 붙은 담쟁이덩굴의 마지막 잎새 말이야! 바람이 불어도 비가 내리쳐도 조금도 흔들리지 않다니, 뭔가 이상하지 않니? 그래, 존시. 저 잎새가 바

로 베어먼 할아버지가 남긴 걸작이야. 마지막 잎새가 떨어진 날 밤, 할아버지가 저기에 그려다 놓았던 거야.”

　존시의 눈에 눈물이 고였어요.

「별」
알퐁스 도데

스테파네트 아가씨가 물었어요.

내가 뤼브롱 산에서 양을 치고 있을 때의 이야기예요. 뤼브롱 산은 외진 곳이라, 인적이 매우 드문 편이에요. 그래서 몇 주째 사람 구경도 못하고 개와 단둘이 양을 치며 지내고 있었지요.

물론 항상 이렇게 사람이 없는 것은 아니에요. 가끔씩 뤼르 산 수도원의 수도사들이 약초를 캐러 오기도 하거든요. 어쩔 때는 피에몽 근처에서 일하는 탄광 광부들의 그을린 얼굴을 볼 때도 있어요. 하지만 이들은 말이 없는 생활에 익숙해진 지 오래라, 다른 이와 대화하는 것을 그리 좋아하지 않아요. 산 아래 마을이나 도시에서 벌어지는 일에도 도무지 관심이 없고요.

그러니 보름마다 식량을 가져다

알퐁스 도데(1840~1897)

알퐁스 도데는 1840년에 태어난 프랑스의 소설가예요. 중학교 교사로 일하던 알퐁스 도데는 일을 그만두고 파리로 올라와 소설을 쓰기 시작했어요. 그리고 밝고 부드러운 분위기의 소설로 좋은 평가를 받았지요. 알퐁스 도데의 주요 작품으로는 소설집 『풍차방앗간 편지』, 『월요 이야기』, 『방앗간 소식』 등과 희곡 『아를의 여인』이 있어요. 이 중에서도 「별」은 알퐁스 도데의 첫 단편 소설집 『풍차방앗간 편지』에 실린 단편 소설이에요. 「별」은 순수한 목동의 사랑을 자연 환경과 어우러져 한 폭의 수채화처럼 아름답게 그려 냈다는 평가를 받으며 오늘날까지도 많은 사랑을 받고 있어요.

주러 오는 주인집 일꾼이라던가, 농장의 장난꾸러기 꼬마인 미아로 혹은 다갈색 모자를 쓴 아주머니가 올라올 때면 얼마나 신이 나겠어요? 그들은 나에게 마을의 누구누구가 결혼을 했다더라 하는 시시콜콜한 소식을 모두 전해 주고는 했어요.

하지만 내가 가장 듣고 싶은 소식은 우리 주인집 따님인 스테파네트 아가씨에 관한 것이었어요. 내가 남몰래 좋아하고 있는 스테파네트 아가씨는 이 세상에서 가장 아름다운 분이에요. 나는 아무렇지 않은 척 애쓰며 슬쩍 아가씨의 소식을 묻고는 했어요. 아가씨는 어떻게 지내시는지, 요즘도 잔뜩 멋부린 신사들이 아가씨를 찾아오는지 하고 말이에요.

사실 나는 아가씨 아버님의 양떼를 지키는 스무 살 초라한 양치기일 뿐이었어요. 그리고 산 아래에는 잘생기고 돈 많은 청년들이 아주 많았어요. 아가씨는 부잣집 따님답게 화려하고 값비싼 것을 아주 좋아했어요. 그러니 가난한 양치기보다 부유한 청년에게 관심을 갖는 것이 당연한 일이겠지요. 그들은 아가씨가 원하는 것을 모두 해 줄 수 있을 테니까요.

나는 속으로 중얼거렸어요.

'꿈 깨. 스테파네트 아가씨는 나에게 인사조차 하지 않을 테니까.'

그러던 어느 일요일이었어요. 지난번 식량을 받은 지도 어언 2주일이 지났어요. 나는 아침부터 노새가 새 식량을 싣고 오기만을 손꼽아 기다리고 있었어요. 그런데 무슨 영문인지 노새의 털끝 하나도 보이지 않았어요.

'주인집에서 나에게 식량 보내는 것을 잊으셨나?'

나는 잠자코 점심때까지 기다렸어요. 그러다 저 멀리서 꽤 심한 폭풍이 몰아치고 있다는 사실을 알게 되었어요. 아무래도 비바람이 너무 심해서 늦어지는 게 분명했어요.

3시 무렵이 되자 다행히도 폭풍이 시들해졌어요. 하늘은 눈이 부시도록 새파랗게 빛났고, 언덕 위에는 햇볕이 따사롭게 내리쬐고 있었어요. 시내를 따라 흐르는 개울물 소리는 내 마음을 한결 상쾌하게 해 주었어요.

그때였어요. '졸졸졸' 물소리 속에서 무언가 귀에 익은 소리가 들려왔어요. 그것은 바로 식량을 싣고 오는 노새의 방울 소리였어요.

'오늘은 누가 왔으려나? 미아로일까? 아니면 농장 아주머니?'

나는 노새가 가까워져 오기를 기다렸어요.

그런데 이게 웬일일까요? 노새를 몰고 온 사람은 미아로도,

노새 ⋯ 암말과 수나귀 사이에서 난 잡종으로 크기가 말보다 약간 작은 말과 포유류.

농장 아주머니도 아니었어요. 그 사람은 그래요, 바로 스테파네트 아가씨였어요!

아가씨의 볼은 뤼브롱 산의 맑은 공기에 분홍빛으로 물들어 있었어요.

"미아로는 아프고, 아주머니는 휴가를 가셨어요. 그래서 내가 대신 왔는데, 도중에 길을 잃는 바람에 된통 고생했지 뭐예요."

하지만 예쁘게 치장한 아가씨의 모습은 산속에서 길을 헤맸다기보다는 마치 숲 속 무도회장에서 춤을 추다가 늦은 것처럼 보였어요.

아아, 아름다운 아가씨! 나는 아가씨에게서 좀처럼 눈을 떼지 못했어요. 이렇게 가까이서 아가씨를 바라보는 것은 이번이 처음이었어요. 겨울이 되면 나는 양떼를 몰고 마을로 내려가 지냈어요. 저녁이 되면 주인집에서 밥을 먹는데, 그럴 때면 저 멀리서 아가씨의 모습을 볼 수 있었지요. 그때마다 아가씨는 일꾼들과 말 한마디 하지 않고 새침한 얼굴로 거실을 가로지르곤 했어요. 그런 아가씨의 얼굴이 얼마나 도도하게 보였는지!

그런데 지금 그 스테파네트 아가씨가 내 옆에 서 있어요.

그것도 내가 먹을 식량을 가져다주러 말이에요. 그러니 어찌 아가씨가 아닌 다른 곳을 바라볼 수 있겠어요?

노새에서 식량을 내린 아가씨는 주위를 둘러보았어요.

"그런데 당신이 자는 곳은 어딘가요?"

나는 아가씨를 목장 안으로 안내했어요. 아가씨는 행여나 옷이 더럽혀질까 봐 치맛자락을 살짝 들고 나를 따라왔어요. 내 잠자리는 짚을 깔고 양가죽을 덮어 만든 아주 소박한 침대였어요. 벽 위에는 비가 올 때 쓰는 망토, 지팡이가 걸려 있었어요.

"이런 곳에서 하루 종일 혼자 지내야 한다니, 외롭지 않아요? 매일 무슨 생각을 하면서 지내나요?"

아가씨가 물었어요. 마음 같아서는 "항상 아가씨 생각만 한답니다."라고 대답하고 싶었지만, 그렇게 말할 수는 없는 노릇이었어요. 대답은커녕 심장이 두근거려 제대로 말할 수조차 없었어요.

아가씨는 내가 잔뜩 긴장하고 있다는 사실을 알아차린 모양이었어요. 그도 그럴 것이, 짓궂은 질문을 던져서 내가 쩔쩔매는 모습을 보며 즐거워하는 것이었어요.

"혹시 여자 친구가 당신을 만나러 오기도 하나요? 에이, 너

무 놀라지 말아요. 숲 속 요정들 말이에요! 그것도 아니면 글
쎄, 산양이려나?"

하지만 눈을 반짝이면서 예쁘게 웃는 아가씨야말로 숲 속
요정처럼 우아하고 아름다워 보였어요.

"그럼 잘 있어요."

아가씨는 빈 바구니를 가지고 돌아갔어요.

나는 아가씨의 모습이 점이 될 때까지 우두커니 서 있었어요. 아가씨는 사라졌지만 노새의 발자국 소리는 여전히 내 귓가에 남아 '쿵쿵' 울렸어요.

어느덧 하늘이 붉게 물들기 시작했어요. 나는 두 손을 모은 채 그 자리 그대로 꼼짝 않고 서 있었어요. '쿵쿵' 발자국 소리에 귀를 기울이면 기울일수록, 발자국 하나하나가 내 마음에 새겨지는 것만 같았어요.

'시점'이란 소설에서 이야기를 말하는 방식이나 관점을 말해요. 시점은 여러 가지로 나눌 수 있는데, 그중 '1인칭 주인공 시점'은 주인공 '나'가 자신의 이야기를 하고 이를 통해 전체 이야기가 진행되는 거예요. 1인칭 주인공 시점으로 쓰인 소설은 작가의 마음을 주인공을 통해 잘 드러낼 수 있어요. 또한 주인공의 마음을 바로 알 수 있어서 독자가 읽기 쉽고 친근감을 주기도 하지요. 알퐁스 도데의 「별」 또한 목동인 '나'가 자신의 이야기를 말하는 1인칭 주인공 시점으로 쓰였어요. 그래서 독자가 목동의 심리를 하나하나 잘 알 수 있는 거예요.

이윽고 날이 어두워졌어요. 나는 목장에서 가까운 들판으로 양 떼를 몰았어요. 그때 저 아래에서 누군가 나를 부르는 듯한 소리가 들렸어요. 그런데 세상에, 스테파네트 아가씨가 다시 왔지 뭐예요? 도대체 무슨 일이 있었는지, 물에 젖은 생쥐 꼴이 되어 오들오들 떨고 있었어요.

"비바람 때문에 강물이 불어나 버렸어요. 하마터면 이대로 강에 빠질 뻔했지요. 어쩔 수 없이 이곳으로 다시 돌아왔어요……."

이 일을 어떻게 하면 좋을까요? 아가씨를 데려다 주고 싶지만 양 떼를 두고 오랫동안 자리를 비울 수는 없었어요. 그러다가 양에게 무슨 일이라도 생기면 큰일이니까요. 그렇다고 이 늦은 밤에 농장에서 아가씨를 데리러 오는 것도 어려울 테고요.

"이를 어쩌면 좋담! 가족들이 걱정하실 텐데……."
아가씨가 발을 동동 구르며 중얼거렸어요.
"아가씨, 조금만 참으세요. 7월의 밤은 짧답니다. 곧 해가 뜰 거예요."
나는 아가씨가 강물에 젖은 옷과 머리를 말릴 수 있도록 모닥불을 지폈어요. 허기를 채울 수 있도록 양젖과 치즈도 가지고 왔어요. 아가씨는 몸을 말리지도, 음식을 먹지도 않았어요. 아가씨의 고운 눈에 눈물이 그렁그렁 맺혀 있었어요. 아가씨가 슬퍼하는 모습을 보니 나까지 엉엉 울고 싶어졌어요.

이제 바깥은 완전히 깜깜해졌어요.

"아가씨, 들어가서 좀 쉬세요."

나는 아가씨를 농장 안으로 데리고 들어갔어요. 아가씨가 누울 수 있도록 새 양가죽을 깔아 침대도 만들어 주었지요. 나는 아가씨에게 잘 자라는 인사를 하고 밖으로 나왔어요.

몸은 바깥에 있었지만 내 신경은 온통 아가씨에게 향해 있었어요. 이 세상 그 누구보다 가장 순수하고 깨끗한 이가 지금 내 보호를 받으며 쉬고 있다고 생각하니 가슴이 벅차올랐어요. 아가씨는 오늘 밤 내가 지켜야만 하는 모든 것들 중에서 가장 소중한 사람이었어요.

나는 하늘을 올려다보았어요. 별들이 어찌나 눈부시게 반짝이던지, 지금껏 내가 봐 온 그 어떤 밤하늘보다 가장 아름다운 광경이었어요.

그때였어요. 곤히 자고 있는 줄로만 알았던 스테파네트 아가씨가 농장 밖으로 나왔어요.

"양들이 자꾸 지푸라기를 바스락거려서 잠이 안 와요."

아가씨는 모닥불 곁으로 다가와 앉았어요. 나는 덮고 있던 양 가죽을 벗어 아가씨의 어깨에 걸쳐 주었어요. 거의 꺼져 가던 불을 뒤적거리자 불이 환하게 타올라 이내 따뜻해졌어요. 우리는 말없이 불가에 나란히 앉아 있었어요.

상쾌한 밤공기가 우리의 뺨을 스치고 지나갔어요. 오늘따라 공기가 더욱 청량하게 느껴지는 것은 아가씨가 내 옆에 있기 때문이겠지요. 멀리서 개구리와 풀벌레들의 노랫소리가 들려왔어요. 아마 그들도 산을 찾아온 이 아름다운 손님을 만나고 싶었나 봐요. 문득 연못을 바라보니, 모닥불의 불꽃이 수면 위에서 황홀하게 타오르고 있었어요.

하지만 이런 밤의 풍경들이 아가씨에게는 낯설었던 모양이에요. 아가씨는 나뭇잎이 바스락거리는 소리만 들려와도 깜짝 놀라며 내 옆으로 바짝 다가왔어요. 순간 저 멀리서 반짝이는 별똥별 하나가 우리를 향해 물결치듯 흘러오는 모습이 보였어요. 빛줄기는 우리의 머리 위를 스쳐 지나가더니, 새카만 밤하늘에 고운 선을 그리며 떨어져 내렸어요.

"저게 뭐예요?"

스테파네트 아가씨가 물었어요.

"천국으로 들어가는 영혼이랍니다."

“당신들 양치기는 모두 점성술사*라고 들었는데, 정말이에요?”

“아니에요. 저도 다른 사람들과 똑같은걸요. 하지만 이렇게 높은 곳에서 지내다 보면, 아무래도 별들과 더 가까워지기 마련이지요. 그러다 보니 마을 소식보다는 저기 저 별들의 일에 대해 더 많이 알고 있답니다.”

아가씨는 손으로 턱을 괸 채 나를 지그시 바라보았어요. 양털 가죽을 두른 아가씨의 모습은 마치 하늘나라에서 온 신성한 목동 같았어요. 그때 저 멀리서 별똥별이 또 하나 떨어져 내렸어요.

“아, 저기 또 떨어졌어요!”

아가씨가 신기하다는 듯 외쳤어요.

“이렇게 많은 별들을 보는 건 태어나서 처음이에요! 어쩜 저렇게 예쁠까……. 당신은 저 별들의 이름을 알고 있나요?”

“물론이지요, 아가씨.”

나는 머리 위에 있는 별을 손으로 가리키며 말했어요.

“지금 우리 위에 있는 저 별들이 보이나요? 저건 바로 은하수예요. 프랑스에서 스페인까지 뻗어 있는 길이지요. 많은 군인들이 은하수를 이용하여 길을 찾았답니다. 옛 스페인이었던 갈리시아의 성 야곱 또한 은하수를 이용하여 왕에게 길을 가르쳐 주었지요. 저기 별들의 무리가 보이나요? 저건 큰곰자리로, '영혼의 전차'라고 부르지요. 그 앞에 있는 세 개의 별은 '세 마리의 짐승'인데, 저기 저 녀석과 마주 보고 있는 별은 마차부자리예요. 그리고 저 아래 있는 별은 '갈퀴'예요. 보통은 오리온이나 삼왕성이라고 부르지요. 우리 양치기들에게는 시계와도 같은 별이에요. 위치를 보면 대충 시간을 짐작할 수 있거든요. 보아하니 지금은 자정이 조금 지났겠네요. 이제 그 아래쪽을 보세요. 환하게 빛나고 있는 별 무리가 바로 별들의 횃불인 '장 드 밀랑'이랍니다. 시리우스라고도 하지요. 우리 양치기들 사이에서는 이런 이야기가 전해져 오고 있어요."

나는 아가씨에게 장 드 밀랑의 전설을 들려주었어요.

"어느 날 밤이었어요. 장 드 밀랑은 '삼왕성', '병아리 장'과 함께

「별」에 등장한 시리우스는 어떤 별일까요? 시리우스는 큰개자리에서 가장 밝은 청백색의 별이에요. 또한 하늘에서 볼 수 있는 별 중에 가장 밝은 별이기도 하지요. 우리나라에서는 늑대별, 혹은 천랑성이라고도 불러요.
시리우스 주변을 보면 같이 다니는 별이 있는데, 이것을 백색 왜성이라고 해요. 사실 백색 왜성은 시리우스와는 멀리 떨어져 있지만 지구에서 바라볼 때는 하나인 것처럼 보이지요.

친구 별의 결혼식에 초대를 받았어요. 병아리 장이 누구냐고
요? 북극성이라고 하면 잘 아실 거예요. 병아리 장은 결혼식
장에 가기 위해 가장 빨리 집을 나섰어요. 집을 나온 병아리
장은 곧장 위로 올라 하늘의 꼭대기 길에 도착했지요. 삼왕
성은 그보다 좀 더 낮은 길에서 열심히 병아리 장을 뒤쫓았어
요. 그런데 게으름뱅이 장 드 밀랑은 늦잠을 자다 한참 뒤에
야 집을 나선 거예요. 다른 두 별이 자신만 빼 놓고 먼저 출발
한 것에 화가 난 장 드 밀랑은 저 멀리 가고 있는 삼왕성을 향
해 지팡이를 냅다 집어던졌어요. 그래서 삼왕성을 '장 드 밀랑
의 지팡이'라고도 부른답니다."

　나는 목을 가다듬고 다시 말을 이었어요.

　"하지만 뭐니 뭐니 해도 가장 아름다운 별은 바로 '목동의
별'이랍니다. 그래요, 금성 말이에요. 금성은 아주 부지런해
서 해가 지면 가장 먼저 모습을 드러내요. 저녁 무렵이나 밤
늦게 양을 돌볼 때 항상 곁을 지켜 주는 고마운 친구지요. 우
리는 이 별을 '마그론'이라고도 불러요. 마그론은 '프로방스의
피에르' 라 불리는 토성을 쫓아가서, 7년마다 한 번씩 결혼식
을 올린답니다."

　그러자 아가씨가 깜짝 놀라 소리쳤어요.

“어머나, 별들도 결혼을 한단 말이에요?”

“물론이지요.”

나는 아가씨에게 별들의 결혼에 대해 이야기하기 위해 입을 열었어요. 그때 내 어깨 위에 무언가 보드랍고 가벼운 것이 와 닿는 게 느껴졌어요. 졸음을 이기지 못한 아가씨가 내 어깨에 살포시 기댄 거예요. 아가씨의 고운 머리카락이 내 어깨를 간질였어요. 서늘한 산들바람이 불자, 아가씨의 머리에 장식된 리본과 레이스가 아름답게 나부꼈어요.

아가씨는 내 어깨에 기대어 잠들었어요. 우리는 말간 태양이 모습을 드러낼 때까지 꼼짝 않고 그렇게 있었어요. 가끔씩 하늘을 올려다보면, 수많은 별들이 성스러운 빛으로 우리를 지켜 주고 있었어요.

그러면 나는 이런 생각이 들었어요. 밤하늘을 수놓은 저 별들 중에서도 가장 예쁘고, 가장 사랑스럽게 빛나는 별 하나가 길을 잃고 헤매다가 내 어깨에서 지친 몸을 고이 쉬고 있노라고…….

「외투」
니콜라이 고골

> 아카키 아카키예비치는 마치 구름 위를 걷는 것만 같았어요. 새 외투는 따뜻한 데다가 근사하기까지 했지요. 오늘따라 그는 출근길이 너무 짧게만 느껴졌어요. 관청에 도착한 그는 수위에게 외투를 벗어 주며 잘 보관해 달라고 몇 번이고 당부했어요.
>
> 한편 아카키 아카키예비치에게 새 외투가 생겼다는 소식이 관청에 싹 퍼졌어요. 드디어 그 이상한 내복을 갖다 버렸다니! 사람들은 새 외투를 보기 위해 수위실로 향했어요. 그리고 외투가 근사하다며 침이 마르도록 칭찬했지요.

러시아의 어느 관청에 아니, 어느 관청인지는 밝히지 않는 게 좋겠어요. 어느 관청, 어느 군대, 어느 법원이든 간에, 관리 계급 친구들만큼 화를 잘 내는 사람도 없으니까 말이에요. 특히 요즘 같은 세상에서는 자신이 느낀 모욕●을 마치 사회 전체에 대한 모욕으로 오해하는 경향이 있거든요.

바로 며칠 전에는 어느 경찰서장이 높은 기관에 이런 진정서●를 제출했어요. 지금 국가의 법치● 질서는 땅에 떨어져 있으며, 경찰서장이라는 자신의 신성한 직함● 역시 아무 곳에서나 마구 쓰이고 있다는 내용이었지요. 그는 그 증거로 어떤 작가가 쓴 방대한 분량의 장편 소설인가 뭔가 하는 걸 같이 제출했어요. 그 책을 보니 약 10페이지마다 경찰서장이라는 인물이 등장하는데, 술에 곯아떨어져 술주정을 하는 모습이 꽤나 여러 번 나왔어요. 결국 경찰서장은 소설 속 경찰서장이란 직업을 가진 인물이 주정뱅이로 묘사되자 화가 나서 진정서를 낸 거예요.

이처럼 귀찮은 일에 엮이지 않으려면, 지금부터 이야기할 관청 역시 '어느 관청' 정도로 해 두는 게 좋겠지요.

모욕 ··· 깔보고 욕되게 함.

진정서 ··· 문제 해결을 위하여 공공 기관 등에 사정을 적어 내는 글.

법치 ··· 법률에 의하여 다스리는 것.

직함 ··· 벼슬이나 직책, 맡은 일 따위의 이름.

어쨌든, '어느 관청'에 '어느 관리'한 사람이 일을 하고 있었어요. 그는 남보다 잘난 구석이라고는 단 한 군데도 없는 남자였어요. 땅딸막한 키에 얼굴에는 마맛자국*이 잔뜩 나 있었고, 머리카락은 마치 붉은 털처럼 보였어요. 눈은 근시였고, 이마는 훌러덩 벗겨졌으며, 두 볼에는 주름이 가득했어요. 어디 그뿐인가요? 안색은 마치 치질에 걸린 사람처럼 어두웠어요. 뭐, 어쩔 수 없는 일이긴 해요. 페테르부르크 날씨가 좀 고약해야 말이지요. 어쩌면 그가 이렇게 생긴 건 다 날씨 때문일지도 몰라요.

게다가 그의 관직으로 말할 것 같으면……. 여러분도 알다시피, 뭐니 뭐니 해도 러시아에서는 일단 사람의 계급부터 밝혀야 하니까요. 아무튼 그는 만년 9급 관리였어요. 남을 깔아뭉개기 좋아하는 작가들이 특히나 선호하는 게 바로 9급 관리들이지요. 왜냐고요? 이들은 아무리 짓밟아도 반격할 능력이 없거든요. 작가들이 9급 관리들을 마음껏 비웃으며 풍자하기 좋아한다는 건 이미 널리 알려진 사실이에요.

이 9급 관리의 성은 바쉬마치킨이었어요. 구두라는 뜻의 '바쉬마크'에서 유래된 것 같지만 왜 하필이면 바쉬마크에서 사람의 성을 만들어 냈는지는 도무지 알 길이 없어요. 바쉬마

치킨 가문 사람들은 할아버지, 아버지, 심지어 처남까지 모두
장화를 신고 다녔어요. 밑창을 가는 건 고작 1년에 두세 번 정
도였지요.

그리고 그 관리의 이름은 아카키 아카키예비치였어요. 어
쩌면 독자들은 작가가 일부러 이상한 이름을 지었다고 생각
할지도 모르겠어요. 하지만 여기에는 이 이름이 아니면 안 되는 특
별한 사정이 있었을 뿐이에요. 그
사연은 다음과 같아요.

기억이 정확하다면, 아카키 아
카키예비치는 아마 3월 23일 초저
녁에 태어났을 거예요. 이미 고인
이 된 그의 어머니는 관리의 아내
로 마음씨가 비단결 같은 여자였
어요. 그녀는 정해진 절차에 따라
자신의 아기에게 세례식을 베풀어
주기로 했어요.

그녀는 방문 맞은편 침대에 누
워 있었어요. 오른쪽에는 아이의

대부가 될 이반 이바노비치 예로쉬킨이라는 사람이 서 있었어요. 원로원 과장까지 지낸 훌륭한 인물이었지요. 왼쪽에는 대모가 될 아리나 세묘노브나 벨로브류쉬코바라는 여인이 있었어요. 경찰서장의 부인인 그녀는 아주 행실이 곧고 바른 여인이었지요. 그들은 산모에게 아이의 이름으로 '목키', '솟시', 아니면 순교자 '호즈다자트' 셋 중에 하나를 골라 보라고 했어요. 아이의 어머니는 속으로 '이럴 수가!' 하고 외쳤어요.

'세상에, 무슨 이름이 하나같이 저따위람!'

아이의 어머니가 다른 이름은 없냐고 묻자 사람들은 책을 뒤져 세 성인의 이름을 골라냈어요. '트리필리', '둘라', '바라하시'가 그것이었지요.

"맙소사! 정말 끔찍한 이름들이에요!"

이미 중년 고개를 넘긴 아이의 어머니는 자신도 모르게 한탄했어요.

"어쩜 이리 괴상한 이름들뿐인가요? 모두 생전 처음 듣는 이름이에요! '바르다트'나 '바루흐'라면 몰라도, '트리필리'나 '바라하시'라니……. 어떻게 이런 이름을……."

결국 대부와 대모는 아이의 이름을 찾아 책장을 한 장 더 넘겼어요. 그러자 이번에는 '팝시카히'와 '바흐치시'라는 이름

이 나타났어요.

"알겠어요……. 이제 됐어요."

아이의 어머니가 체념한 듯 말했어요.

"아마 이것도 이 아이의 운명인 모양이군요. 그런 괴상한 이름을 붙이느니 그냥 아이 아버지의 이름을 주겠어요. 남편 이름이 아카키니까 이 애도 아카키라고 하지요."

이렇게 해서 그는 아카키 아카키예비치라는 이름으로 불리게 된 거예요. 아기는 세례를 받는 내내 얼굴을 잔뜩 찌푸린 채 시끄럽게 울어댔어요. 마치 만년 9급 관리가 될 미래를 미리 예감이라도 한 것처럼 말이에요. 내가 이런 이야기를 하는 이유는 앞에서 말했듯이, 이 사내에게 다른 이름을 붙이는 건 불가능했다는 것을 알아주길 바라는 마음에서예요.

그가 언제, 어떻게 관청에 들어가서 일을 하게 되었는지는 아무도 몰라요. 누가 그를 9급 관리로 임명했는지 기억하는 사람 역시 아무도 없어요. 세월이 지나면서 국장과 과장은 수시로 바뀌었지만, 아카키 아카키예비치만은 늘 같은 자리, 같은 직책에서 서기를 지내고 있었어요. 사람들은 그를 두고 어머니 배 속에 있을 때부터 머리가 벗겨지고 관리 제복을 입고 있었던 것 아니냐며 수군거렸어요.

관청 사람들 그 어느 누구도 그를 존중해 주지 않았어요. 심지어는 수위들조차 그를 파리로 여길 정도였어요. 그가 앞을 지나가도 모른 척 자리에서 일어나지 않았지요. 상관들 역시 유독 그에게만 강압적이고 냉정한 태도를 취했어요. 부과장이라는 자는 아예 다짜고짜 그의 앞에 대뜸 서류를 들이밀기도 했어요. '이것 좀 베껴 줄래요?' 혹은 '재미있는 서류 좀 맡아보겠나?' 같은 최소한의 예의조차 차리지 않고 말이에요. 아카키 아카키예비치 역시 자신에게 일을 맡기는 사람이 누구인지, 그에게 그럴 권리가 있는지 따위에는 전혀 관심이 없었어요. 그저 코앞에 던져진 서류를 힐끔 보고는 바로 일을 시작하는 거였어요.

젊은 관리들은 공무원식 농담을 하며 그를 골려먹기에 바빴어요. 얼토당토않은 이야기를 지어 내서 그의 얼굴에 대고 떠들어 대곤 했지요. 그의 하숙집 주인은 일흔살이 넘은 할머니였는데, 그걸 어떻게 알아냈는지 그가 하숙집 할머니에게 맞고 산다며 놀리곤 했어요. 할머니와 결혼식은 언제 올릴 거냐며 짓궂게 물어보는 이도 있었지요. 또 종잇조각을 잘게 찢어 눈이 내린다면서 그의 머리 위에 뿌리기도 했어요.

그러나 정작 아카키 아카키예비치는 아무렇지도 않아 보

였어요. 앞에서 장난을 치든 말든 자기랑은 일절 상관없다는 듯한 태도였지요. 옆에서 아무리 심하게 장난을 쳐도, 서류에 글자 하나 틀리는 법이 없었어요. 가끔 정도가 지나쳐서, 팔꿈치를 툭툭 건드려 일을 방해하면 그제야 한마디 툭 내뱉을 뿐이었어요.

"제발 나를 좀 내버려 두시오. 왜 이렇게 사람을 못살게 구는 거요?"

이렇게 말하는 그의 목소리와 어조에는 사람의 마음을 건드리는 묘한 무언가가 있었어요. 동료들과 함께 그를 놀리던 젊은 관리는 그 목소리를 듣는 순간 무엇에라도 찔린 것처럼 가슴이 '찡'하고 울리는 느낌을 받았어요. 젊은 관리는 더 이상 그를 놀릴 수 없게 되었어요. 그가 완전히 다른 사람처럼 보였기 때문이에요.

그 사건 이후로 젊은 관리는 세상을 바라보는 눈 자체가 달라졌어요. 그 전까지 젊은 관리는 자신의 동료들을 예의 바르고 성격 좋은 사람들이라 생각해 왔어요. 그러나 무언가 말로 설명할 수 없는 어떤 것이, 그와 동료들을 점점 멀어지게 만들었어요.

그뿐만이 아니었어요. 유쾌하게 웃다가도, 어느 순간 이마

가 벗겨진 작달막한 관리의 모습이 머릿속에 흠칫 떠오르고
는 했어요. 그러고는 이내 "나를 좀 내버려 두시오. 왜 이렇게
못살게 구는 거요?" 하는 애처로운 말이 생각나면서, 가슴이
찌릿찌릿 저려 오는 거였어요. 그 말 속에는 마치 '나도 당신
들과 같은 사람이란 말입니다.'라는 슬픈 의미가 담겨 있는 것
만 같았어요. 그러면 젊은 관리는 얼굴을 가린 채 괴로워하기 시작
했지요.

그 후 젊은 관리는 인간의 내면에 숨겨진 비인간적인 요소를 몇
번이나 마주하고 몸을 부르르 떨어야만 했어요. 교양 있고 세련된
상류 사회의 사람들뿐만 아니라, 고결하고 성실하기 그지없다는 사
람들조차도 마음속에는 깊고 잔인한 어둠을 가지고 있었던 거예요.

그건 그렇다 치고, 아무튼 아카키 아카키예비치만큼 자기 일에
최선을 다하는 사람이 또 어디 있

을까요? 열심히 했다는 말로는 부족해요. 그는 자기 일을 진심으로 사랑했거든요. 문서를 정리하는 단순한 일에서조차 다양하고 즐거운 세계를 발견할 수 있을 정도로 말이에요.

그는 항상 즐거운 듯한 표정을 짓고 있었어요. 서류를 베끼다가 자신이 좋아하는 글자가 눈에 띄면 속으로 쾌재를 불렀어요. 자신도 모르게 눈을 찡긋거리고, 입술까지 움직였기 때문에 그의 얼굴만 봐도 지금 무슨 글자를 쓰고 있는지 알 수 있을 정도였어요. 만약 관청이 그의 열성적인 면을 제대로 평가해 주었다면, 지금쯤 못해도 5급 관리는 되어 있었을 거예요. 물론 본인은 깜짝 놀라겠지만 말이에요. 하지만 그가 그토록 열심히 일해서 얻은 것이라고는 동료들의 말마따나 관리 제복의 단추와 엉덩이의 치질뿐이었어요.

하기야 그 오랜 세월 동안 그에게 관심을 보인 사람이 전혀 없었던 건 아니었어요. 어느 마음씨 착한 국장이 그의 성실함을 높이 사서, 서류를 베끼는 것 말고 좀 더 중요한 일을 맡겼던 거예요. 그것은 이미 완성된 서류를 바탕으로 하여 다른 관청에 보낼 보고서를 만드는 일이었어요. 보고서 제목을 붙이고 몇 개의 단어를 조금 수정하면 끝이었지요. 하지만 아카키 아카키예비치에게는 너무나 벅찬 일이었던 모양이에요.

그는 연신 땀을 뻘뻘 흘리면서 수건으로 이마를 닦더니, 급기야 이렇게 하소연했어요.

"아무래도 안 되겠어요. 저는 서류 베끼는 일이 훨씬 좋습니다."

그렇게 그는 죽을 때까지 서류만 베끼게 된 거예요. 그에게 있어 서류를 베끼는 일은 자신의 존재를 증명하는 것과 다름 없었어요. 그는 옷차림 같은 것은 전혀 신경 쓰지 않았어요. 초록색이었던 제복은 색이 바랜 나머지 울긋불긋해져서, 마치 홍당무를 갈아 뿌려 놓은 것만 같았어요. 옷깃은 또 얼마나 낮은지, 그리 길지도 않은 목이 쑥 빠져 나온 것처럼 보였어요. 러시아에 있는 외국인들이 머리에 이고 다니며 파는 석고로 만든 고양이 목처럼 유난히 길어 보였지요.

그뿐만이 아니었어요. 그의 제복에는 항상 풀이나 실오라기 같은 것이 붙어 있었어요. 게다가 그에게는 아주 특이한 재능이 있었어요. 그가 길을 걷고 있노라면, 사람들이 꼭 창밖으로 쓰레기를 내던지는 거예요. 그래서 그의 모자 위에는 수박 껍질이나 참외 껍질 같은 것이 항상 달라붙어 있었어요.

그는 거리에서 일어나는 사건이나, 사람들의 행동에 대해서도 일절 관심이 없었어요. 알다시피, 눈치가 빠르고 머리가

잘 돌아가는 젊은 관리들은 그런 일에 신경을 곤두세우기 마련이지요. 길 건너편 사람의 바지가 헐렁해서 안에 있는 팬티가 살짝 보이는 것까지 알아채고는 킬킬거리며 웃고는 하니까요.

아카키 아카키예비치로 말하자면, 그 어떤 우스꽝스러운 광경이 펼쳐져도 끄떡하지 않았어요. 그의 눈앞에 보이는 것은 오직 자신이 쓴 바르고 곧은 글씨들뿐이었거든요. 그러다 느닷없이 어깨 너머로 말이 나타나 얼굴에 대고 콧김을 '훅' 불면 그제야 이렇게 생각하는 것이었어요.

'아, 지금은 관청이 아니라 길을 걷고 있었지.'

집에 돌아오면 그는 식탁에 앉아 굶주린 사람처럼 수프를 홀홀 들이마셨어요. 그리고 맛이 있든 말든 고기와 양파를 우적우적 씹어 먹었어요. 파리가 붙어 있건 말건 식탁에 있는 것은 무조건 먹어치우고 보는 거예요.

식사를 마친 뒤에는 잉크병을 꺼낸 뒤, 집까지 들고 온 서류를 베껴 쓰는 작업을 시작했어요. 일거리가 없을 때에는 취미 삼아 자기가 보관해 둘 문서의 사본*을 만들었어요. 문체의 아름다움보다는 새로운 인물이나 높은 위치에 있는 사람에게 보내야 하는 서류를 살피고, 중요하다 싶은 것은 반드시

사본 … 원본을 그대로 베낀 책이나 서류.

베껴 두었어요.

페테르부르크의 잿빛 하늘이 완전히 어두워지면, 관리들은 자신의 월급에 맞는 적당한 수준의 식사를 하고, 좋아하는 것을 하며 시간을 보냈어요. 그때만큼은 하루 종일 일하느라 고생했던 것도 잊고 두 다리 쭉 뻗고 편히 쉴 수 있었어요. 좀 여유가 있는 사람이라면 극장에서 연극을 보거나, 파티에 나가 아름다운 여인을 찾을 수도 있겠지요.

하지만 대부분의 관리들은 만찬이나 소풍 같은 호사*는 꿈도 꾸지 못했어요. 같은 아파트에 사는 친구의 집에 놀러가는 것이 전부였지요. 유행에 뒤처지지 않기 위해서, 없는 살림에 램프나 장식품을 사들여 꾸민 그런 집 말이에요. 실내는 대개 조그만 방 두 개와 부엌, 현관이 있을 뿐이었어요.

그들은 좁은 방에 틀어박혀 담배를 피우거나 카드놀이를 하면서, 상류 사회에 대한 이야기들을 줄줄 늘어놓았어요. 자고로 상류 사회의 소문이란 러시아 사람이라면 절대 끊을 수 없는 화젯거리인 법이지요. 그러다 결국에는 옛날에 했던 이야기들을 다시 우려먹게 되는 거예요. 팔코네가 만든 동상의 말꼬리가 떨어져 나갔다는 둥 하는 케케묵은 이야기들 말이에요.

호사 … 호화롭게 사치함.

그러나 아카키 아카키예비치는 그 어떤 취미도 가지지 않았어요. 그 어느 누구도 아카키 아카키예비치가 밤에 친구들과 어울려 노는 것을 보지 못했어요. 그는 스스로 만족할 때까지 서류를 베껴 쓰고, 내일은 또 어떤 일을 하게 될까 기대하면서 잠자리에 들었어요.

이처럼 그는 연봉 400루블의 자기 운명에 만족하며 살아갔어요. 그의 기나긴 인생길 곳곳에 함정처럼 뿌려져 있는 불행들만 없었다면, 아마 노년까지 평화로운 생활을 계속했을지도 모르겠어요. 하지만 불행이란 녀석은 누구에게나 나타나기 마련이지요. 불행은 9급 관리뿐만 아니라, 3급이든 4급이든 7급이든 가리지 않고 찾아드는 법이니까요. 그 누구에게도 조언하지 않으며, 그 누구에게도 조언을 구하지 않는 사람들 역시 예외는 아니에요.

페테르부르크에서 연봉 400루블을 받는 사람들에게는 공동의 적이 하나 있었어요. 바로 북쪽 지방 특유의 살이 에일 듯한 추위였어요. 아침 8시쯤 되면 관리들이 출근하기 위해 거리를 메우기 시작했어요. 혹독한 바람이 얼마나 매섭게 코끝을 찌르는지, 가엾은 관리들은 코를 어디에 두어야 할지 모른 채 쩔쩔맸어요. 지위가 높은 양반들조차 추위에 머리가 띵

해지고 눈에서 찔끔 눈물이 날 정도니, 말단˙인 9급 관리는 어떻겠어요? 할 수 있는 일이라고는 얇은 외투 안에 몸을 잔뜩 웅크린 채 될 수 있는 한 빠르게 걷는 것뿐이었지요. 관청 수위실에 도착하면 얼어붙은 사무 능력이 다시 녹을 때까지 동동 발을 구르는 수밖에 없었어요.

아카키 아카키예비치 역시 가능한 한 빠르게 걸었어요. 그런데 언제부터인가 등과 어깨가 뼈에 사무칠 정도로 추워서 견딜 수가 없었어요. 그날 밤 집에 돌아온 그는 외투를 벗어 찬찬히 살폈어요. 그리고 외투의 등과 어깨 부분이 휴지 조각처럼 얇아진 것을 발견했지요. 천이 닳을 대로 닳아서, 안에 입은 옷까지 훤히 비칠 정도였어요.

사실 그의 외투는 동료 관리들의 단골 놀림감이었어요. 그들은 아예 외투 대신 '내복'이라고 부르며 낄낄거렸지요. 그들의 말마따나 외투가 좀 이상하게 생기긴 했어요. 외투가 해지면 깃 부분을 잘라 덧대어 입었기 때문이에요. 그의 바느질 솜씨가 좋은 편도 아니어서, 외투는 마치 넝마자루처럼 우스꽝스럽게 보였어요. 외투를 자세히 살핀 아카키 아카키예비치도 이번만큼은 외투를 페트로비치에게 가져가야겠다고 마음먹었어요.

말단 … 조직에서 제일 아랫자리에 해당하는 부분. 맨 끄트머리.

페트로비치는 뒷계단을 따라 올라가면 나오는 4층집에 사는 재봉사였어요. 애꾸에 곰보였지만 제법 솜씨가 좋아서, 가난한 관리를 비롯한 별 볼 일 없는 손님들의 옷을 수선하느라 항상 바빴어요. 물론 이것은 그가 술에 취했거나, 다른 일에 정신이 팔리지 않았을 때의 이야기지만요.

하기야 이 재봉사에 대한 이야기를 구구절절 늘어놓을 필요는 없겠지요. 하지만 이제는 소설에서 어떤 인물이 등장하면, 그 인물의 성격을 완전히 묘사해 주어야 한다고들 하잖아요? 그러니 이쯤에서 페트로비치에 대해 잠깐 설명하고 넘어갈게요.

그의 원래 이름은 그레고리로, 어느 귀족의 농노였어요. 그가 페트로비치라고 불리게 된 것은 농노 해방증을 받고 자유의 몸이 되어, 축제 때마다 술을 진탕 마시게 되면서부터였어요. 처음에는 큰 축제가 있을 때만 마셨지만, 언제부턴가 매 주일마다 잔뜩 취해 있었어요. 그리고 "이 천한 것! 독일 계집애!" 하고 고래고래 소리를 지르며 부인과 싸웠지요.

안타깝게도 그의 부인에 대해서는 거의 알려진 것이 없어요. 고작해야 페트로비치의 아내라는 점과 숄 대신 모자를 쓰고 다니는 게 전부일 뿐이에요. 아, 한 가지 더 있군요. 아무

리 입 바른 말을 잘하는 사람이라도 그녀에게는 차마 예쁘다
는 말을 하지 못했어요. 그나마 군인들이나 그녀의 모자 밑
얼굴을 힐끔거리며 휘파람을 불고는 했지요.

페트로비치가 사는 곳으로 통하는 뒷계단은 정말 더럽기
그지없었어요. 나름 청소한답시고 걸레질을 했지만, 구정물
범벅이라 썩은 악취만 코를 찔러왔지요. 게다가 페트르부르
크의 아파트 뒷계단이 대개 그렇듯이, 두 눈이 어지러울 정도
로 독한 술 냄새가 풍겼어요. 아카키 아카키예비치는 계단을
오르며 페트로비치가 외투 수선비로 얼마를 달라고 할까 생
각했어요. 그리고 절대로 2루블 이상은 주지 않겠다고 다짐
했지요.

페트로비치의 방문은 열려 있었어요. 그도 그럴 것이, 그의
아내가 생선을 굽는 통에 부엌이 연기로 가득 찼던 거예요.
아카키 아카키예비치는 그녀가 미처 보지 못한 사이에 부엌
을 지나 페트로비치의 방으로 가는 데 성공했어요.

페트로비치는 커다란 책상 위에서 재봉질에 열중하고 있었
어요. 그는 다른 재봉사들처럼 맨발로 일하고 있었어요. 아카
키 아카키예비치의 눈에 제일 먼저 들어온 것은 이제는 꽤나
눈에 익은 그의 엄지발가락이었어요. 발톱은 거북등처럼 두

껍고 단단해 보였으며, 잔뜩 비뚤어져 있었지요.

페트로비치는 명주실과 무명실 타래를 목에 걸고, 무릎에는 낡은 옷을 잔뜩 펼쳐 놓고 있었어요. 그는 무려 3분 동안이나 실을 바늘구멍에 넣기 위해 애쓰고 있었어요. 그러다 방이 어둡고 실이 말을 듣지 않는다며 혼자 툴툴거리고 있었지요.

"젠장! 이놈의 실은 왜 이렇게 안 들어가는 거야!"

아카키 아카키예비치는 하필 페트로비치의 기분이 언짢을 때 찾아온 것이 마음에 좀 걸렸어요. 페트로비치가 술에 취해 있거나, 그의 부인 표현대로 '애꾸눈이 싸구려 보드카에 빠져 있을 때'에는 일을 맡기기가 훨씬 쉬웠거든요. 그럴 때의 페트로비치는 먼저 수선비를 깎아 줄 뿐더러, 일을 맡겨 주어 고맙다고 인사까지 했어요. 나중에 그의 부인이 찾아와 남편이

술김에 너무 싸게 해 준 거라며 우는 소리를 할 때도 있었어요. 그러나 10코페이카 동전 한 닢만 주면 만사가 잘 해결되었지요.

그런데 지금 페트로비치는 술을 한 잔도 마시지 않은 상태였어요. 이렇게 정신이 멀쩡할 때에는 수선비를 흥정하기가 매우 까다로웠어요. 아카키 아카키예비치는 그가 술에 취할 때 다시 와야겠다고 생각하고 재빨리 몸을 돌렸어요. 그러나 이미 늦었어요. 페트로비치가 하나밖에 없는 눈을 가늘게 뜨면서 이쪽을 쳐다본 거예요. 깜짝 놀란 아카키 아카키예비치는 저도 모르게 인사를 건네고 말았어요.

"여어, 페트로비치! 잘 지냈나?"

"어서 오십쇼, 나리."

페트로비치는 아카키 아카키예비치가 어떤 일감을 가지고 왔는지 재빨리 눈을 굴렸어요.

"오늘 온 건 다름이 아니라……. 그러니까 페트로비치, 나는 말이지……."

참고로 아카키 아카키예비치는 뭔가 설명해야 할 때면 아무 말이나 마구 늘어놓는 버릇을 가지고 있었어요. '분명히, 전혀, 그러니까, 그, 뭐랄까' 따위의 말만 줄곧 하다가, 정작

용건은 입 밖으로 꺼내지도 못하는 거예요. 그래 놓고 자기 딴에는 할 말을 다 했다고 생각하는지, 입을 다물어 버릴 때도 있었어요.

"도대체 무슨 일로 오신 겁니까?"

그러면서 페트로비치는 아카키 아카키예비치의 제복을 머리부터 발끝까지 싹 훑어보았어요. 어차피 그 제복은 페트로비치 본인의 손으로 만든 옷이라 모르는 구석이 없었지요. 그럼에도 손님이 오면 일단 죽 살피는 것은 재봉사들의 몸에 밴 직업적인 습관 같은 것이었어요.

"음, 다름이 아니라, 페트로비치……. 그러니까 저기……, 외투, 그래 외투 말이야, 그게 다른 부분은 다 멀쩡하거든. 낡고 허름해 보이긴 하지만 여전히 새것이나 다름없단 말이야. 그런데 여기, 딱 한 군데가, 그러니까, 어, 여기 등이랑 어깨 부분이 좀 낡아져서……. 알겠나? 거기만 조금 손볼까 하는데."

페트로비치는 내복이라는 별명이 붙은 외투를 받아 탁자 위에 펼쳤어요. 그러고는 한참 동안 이곳저곳 살피더니 고개를 절레절레 저었어요. 밝은 불빛에 비춰 보기도 했지만 결과는 같았어요.

"이 외투는 고칠 수가 없습니다. 워낙 낡아야지요."

순간 아카키 아카키예비치는 심장이 덜컥 내려앉는 것만 같았어요.

"뭐? 정말인가, 페트로비치? 왜 안 된다는 거야?"

그는 어린아이가 무언가 애원하는 듯한 말투로 말했어요.

"어깨가 좀 해진 것뿐인데 말이야. 헝겊으로 살짝 덧대면 안 되는 건가? 자네에게 좋은 헝겊이 있을 거 아니야."

"헝겊이야 있지요. 하지만 기울 수가 없습니다. 외투가 너무 낡아서 바늘을 대는 순간 찢어져 버리고 말 겁니다."

"그러면 거기에 또 다른 천을 덧대면 되지."

"거 참, 모르는 소리 마세요. 바닥천이 너무 낡아서 바늘을 꽂으려야 꽂을 수가 없단 말입니다. 솔직히 말해서, 이게 어딜 봐서 천입니까? 바람만 좀 세게 불어도 갈기갈기 찢어져 버릴 걸요."

"그러지 말고, 제발 고쳐 주게나. 그래도 내가 볼 때는 멀쩡한데 말이야……."

"안 됩니다."

페트로비치는 단호하게 말했어요.

"외투가 너무 낡았어요. 이걸로는 양말도 못 만든다고요.

차라리 외투를 잘라서 각반이나 만드는 게 낫겠어요. 그거라도 두르고 다니면 다리가 덜 시릴 테지요. 아무튼 이번 기회에 그냥 새 외투를 하나 사세요.”

‘새 외투’라니요? 아카키 아카키예비치는 눈앞이 캄캄해졌어요. 머리도 핑핑 도는 것이, 곧 쓰러질 것만 같았지요. 그는 꿈속을 헤매는 듯한 기분으로 중얼거렸어요.

“새 외투? 새 외투라고? 나에겐 그럴 만한 돈이 없는걸…….”

“어쨌든 새것을 하나 장만하셔야 합니다.”

페트로비치가 바깥 추위보다 더 얼음장 같은 목소리로 말했어요.

“그게, 그러니까……, 새 외투는 얼마나 하지?”

“글쎄요. 150루블은 주셔야지요.”

말을 마친 페트로비치는 입을 꾹 다물었어요. 그는 느닷없는 이야기를 해서 다른 사람들을 기절초풍하게 만들어 놓고는, 힐끔거리며 반응을 살피는 것을 즐겼어요.

“뭐, 150루블이라고?”

아카키 아카키예비치가 소리쳤어요. 그가 세상에 태어난 이래로 가장 크게 낸 소리였을지도 몰라요. 보통 때의 그는

각반 … 발목 부분을 추위로부터 보호하고, 바지가 펄럭이는 걸 막기 위하여 발목에서부터 무릎 아래까지 돌려 감거나 싸는 띠.

항상 낮은 목소리로 조용히 이야기하고는 했으니까요.

"네, 150루블입니다. 그것도 가장 싼 외투로 말이지요. 깃에다 털을 달고, 모자 안쪽에 가죽이라도 좀 덧대려면 200루블은 내야 합니다."

"제발, 페트로비치! 그러지 말고 그냥 이 외투에 헝겊이나 좀 덧대 주게나……."

"소용없습니다. 괜히 헛수고만 하고 돈만 날릴 뿐이라고요."

페트로비치가 말했어요. 아카키 아카키예비치는 잔뜩 풀이 죽어 밖으로 나왔어요. 반면 페트로비치는 히죽거리며 웃기만 했어요. 재봉 기술을 헐값에 팔아넘기지도 않고, 자신의 권위도 지켰다는 생각에 흐뭇했기 때문이에요.

길에 나온 아카키 아카키예비치는 악몽을 꾸는 것만 같았어요. 그는 계속 혼잣말로 무어라 중얼거리며 거리를 걸었어요. 자신도 모르게 어느새 집과 정반대 방향으로 걷고 있었지요. 굴뚝 청소부와 부딪치는 바람에 어깨가 온통 시꺼매졌어요. 지붕 공사하는 곳을 지나가다 석회 가루를 맞아 머리가 허옇게 되어 버렸지요.

그러나 아카키 아카키예비치는 그저 멍하니 걷기만 했어

요. 그가 정신을 차린 것은 경찰과 부딪쳤을 때였어요. 그나마도 경찰이 "당신 제정신이요?" 하면서 호통을 치는 바람에 겨우 정신이 들었지요. 그는 머릿속을 정리하고 자신의 처지를 똑바로 판단하려 노력했어요.

'다시 페트로비치에게 부탁해 볼까? 아니야. 그냥 일요일 아침에 가자. 분명 전날 밤 잔뜩 술을 마시고는 곤드레만드레 취해 있을 거야. 해장이라도 하라고 10코페이카를 주면 기분이 좋아져서 외투를 고쳐 줄지도 몰라.'

아카키 아카키예비치는 일요일이 오기만을 기다렸어요.

마침내 일요일이 다가왔어요. 아카키 아카키예비치는 아침 일찍 페트로비치를 찾아갔어요. 물론 그의 아내가 외출한 것을 확인한 뒤였지요. 역시나 페트로비치는 술이 덜 깨어 게슴츠레한 눈으로 그를 맞았어요. 그러나 페트로비치는 아카키 아카키예비치가 자신을 왜 찾아왔는지 아주 정확히 알고 있었어요.

"안 됩니다! 그냥 한 벌 사시라니까요?"

아카키 아카키예비치는 페트로비치의 손에 10코페이카 하나를 슬쩍 쥐어 주었어요.

"나리, 정말 감사합니다. 이 돈은 기꺼이 받지요. 외투 걱정

일랑 마세요. 제가 새것으로 예쁘게 잘 지어 드릴 테니까요.”

아카키 아카키예비치는 외투를 수선만 해 달라고 애원했어요. 그러나 페트로비치는 그의 말을 끝까지 들으려고도 않은 채 이렇게 말할 뿐이었어요.

“지금 가장 유행하고 있는 모양으로 만들어 드릴게요. 단추도 은으로 도금한 근사한 것만 쓰겠습니다.”

결국 아카키 아카키예비치는 포기하고야 말았어요. 그는 완전히 기가 꺾였어요. 도대체 돈이 어디 있어서 외투를 맞춘단 말이에요? 바지도 사야 하고, 장화를 고치느라 밀린 외상값도 갚아야 했어요. 그뿐인가요? 셔츠 세 벌과, 이런 데서 말하기에는 조금 쑥스럽지만 속옷도 몇 벌 삯바느질하는 여자에게 맡겨야 했어요. 외투를 새로 살 돈 같은 건 한 푼도 없었지요. 물론 아카키 아카키예비치는 페트로비치가 외투의 가격을 터무니없이 비싸게 불렀다는 사실을 알고 있었어요. 말만 잘하면 80루블 정도만 주면 될 것 같았어요.

하지만 아카키 아카키예비치에게는 80루블도 없었어요. 80루블은커녕 고작해야 40루블 정도 있을 뿐이었지요. 그나마도 1루블을 쓸 때마다 1코페이카씩 저축하여 반년을 모은 돈이었어요. 아카키 아카키예비치는 고민에 빠졌어요. 그리고 부족한 40루블을 채우기 위해 1년간 허리띠를 바짝 졸라매기로 했어요.

그는 돈을 모으기 위해 저녁마다 마셨던 홍차도 포기하고, 밤에 촛불도 켜지 않았어요. 길을 걸을 때는 구두가 닳지 않도록 살금살금 걸었으며, 집에 오면 바로 옷부터 벗고 잠옷으로 갈아입었어요. 가급적이면 옷을 세탁소에 덜 맡기기 위해서였지요. 처음에는 불편했지만, 시간이 지나자 익숙해졌어요. 새 외투가 생긴다는 희망에 저녁을 먹지 않아도 그럭저럭 버틸 수 있었어요.

그는 이런 생활에 보람마저 느끼기 시작했어요. 친구를 사귀거나 결혼을 한 것 같은 행복한 기분이었지요. 이제는 혼자가 아닌 든든한 동반자와 함께 인생을 헤쳐 나갈 수 있을 것만 같았어요. 물론 그 동반자는 새 외투였지요. 두꺼운 솜을 대어 절대 해지지 않는 근사한 외투 말이에요.

그는 전보다 더 열심히 일했어요. 인생의 뚜렷한 목적이 생긴 사람처럼 성격조차 아주 굳건해졌어요. 두 눈에는 반짝 생기가 돌았어요. 심지어는 이런 생각을 할 때도 있었어요.

'이왕 새 외투를 사는 김에, 담비 가죽도 좀 달아 달라고 할까?'

그러다 그만 글씨를 틀리게 쓸 뻔한 적도 있었지요.

아카키 아카키예비치는 한 달에 한 번 페트로비치를 찾아가 외투에 대해 의논했어요. 어떤 옷감을 살 것인지, 색깔은 어떤 것으로 할 것인지, 가격은 어느 정도인지 하는 것들 말이에요. 그리고 이제 곧 새 외투를 입을 수 있다는 생각으로 싱글벙글하며 집으로 돌아왔어요.

그즈음 아카키 아카키예비치에게 행운이 하나 찾아왔어요. 상여금으로 무려 60루블이나 받은 거예요. 설마, 국장이 그에게 새 외투가 필요하다는 사실을 알아차린 것은 아니겠지요. 아카키 아카키예비치는 신이 나서 더욱 돈을 악착같이 모았어요. 그렇게 두세 달이 지나자, 어느덧 80루블을 손에 쥘 수 있었어요.

아카키 아카키예비치는 그날 바로 페트로비치와 함께 외투에 쓸 옷감을 사러 갔어요. 그들은 아주 좋은 옷감을 살 수 있었어요. 그럴 수밖에 없는 것이, 이미 반년 전부터 매달 외투에 쓸 옷감을 보러 다녔거든요. 외투의 안감은 옥양목*을 쓰기로 했어요. 멀리서 보면 담비 가죽으로 보일 만큼 꽤나 좋은 물건이었지요.

페트로비치는 꼬박 2주 동안 외투를 만들었어요. 하도 꼼

옥양목 ⋯ 무명실로 너비가 넓고 곱게 짠 면으로 얇고 색깔이 매우 흰 천.

꼼하게 꿰매느라 시간이 오래 걸릴 수밖에 없었지요. 그는 바느질삯으로 12루블을 달라고 했어요. 하기야, 페트로비치가 혼신의 힘을 다해 바느질을 하기는 했지요.

그로부터 며칠 뒤, 페트로비치는 새 외투를 가지고 아카키 아카키예비치를 찾아왔어요. 아카키 아카키예비치가 관청으로 출근하기 조금 전이었지요. 안 그래도 날씨가 꽤 추워졌다기에 입을 옷이 없어서 겁을 잔뜩 집어 먹고 있던 참이었어요. 그런데 마침 페트로비치가 제 시간에 딱 맞춰서 외투를 가지고 온 거예요. 정말이지 아카키 아카키예비치에게는 생애 최고의 순간이었지요.

페트로비치의 얼굴에는 자부심이 어려 있었어요. 아카키 아카키예비치는 페트로비치의 그런 진지한 모습을 난생 처음 보았어요. 낡은 옷이나 수선하는 것이 아닌, 세상에서 가장 멋진 외투를 만드는 재봉사라는 듯한 태도였지요.

페트로비치는 보자기를 풀어 외투를 꺼냈어요. 그리고 아카키 아카키예비치의 어깨에 직접 걸쳐 주었어요. 외투는 그의 몸에 착 맞았어요. 어떠한 흠도 찾아볼 수 없는 그야말로 완벽한 외투였지요.

“나리도 알다시피, 다른 데선 이 가격에 어림도 없습니다.

나리랑 오래 전부터 아는 사이니까 특별히 만들어 드린 거지요."

아카키 아카키예비치는 고맙다고 인사한 뒤 돈을 치렀어요. 그리고 새 외투를 입고 곧장 관청으로 출근을 했지요. 페트로비치는 아카키 아카키예비치의 뒷모습을 멀리서 지켜보았어요. 그런데 글쎄, 뒤에서 보니까 외투가 더 멋있지 뭐예요? 그는 재빨리 지름길로 달려가 아카키 아카키예비치를 앞질러 갔어요. 그리고 자신이 만든 외투를 이번에는 정면에서 흡족한 마음으로 바라보았지요.

아카키 아카키예비치는 마치 구름 위를 걷는 것만 같았어요. 새 외투는 따뜻한 데다가 근사하기까지 했지요. 오늘따라 그는 출근길이 너무 짧게만 느껴졌어요. 관청에 도착한 그는 수위에게 외투를 벗어 주며 잘 보관해 달라고 몇 번이고 당부했어요.

한편 아카키 아카키예비치에게 새 외투가 생겼다는 소식이 관청에 싹 퍼졌어요. 드디어 그 이상한 내복을 갖다 버렸다니! 사람들은 새 외투를 보기 위해 수위실로 향했어요. 그리고 외투가 근사하다며 침이 마르도록 칭찬했지요. 아카키 아카키예비치는 쑥스러워 얼굴이 빨개졌어요.

그때 계장이 말했어요.

"그럼 내가 아카키 아카키예비치 대신 파티를 열지. 오늘 저녁에 다들 우리 집으로 와서 차라도 한잔 하는 게 어떻겠나? 마침 오늘이 내 세례명 축일이라네."

사람들은 계장을 축하하며 초대를 받아들였어요. 아카키 아카키예비치는 슬쩍 빠질 생각이었으나 사람들이 예의 없는 짓이라며 몰아붙이는 바람에 실패하고 말았어요. 그러나 잠시 후 그는 새 외투를 입고 외출할 기회가 생겼다는 사실에 기분이 들떴어요.

그날 밤 집에 돌아온 아카키 아카키예비치는 외투를 벗어 조심스럽게 벽에 걸어 놓았어요. 그는 황홀한 표정으로 외투의 겉감과 안감을 만져 보았어요. 내친 김에 예전에 입던 '내복'을 꺼내어 비교해 보기도 했어요. 너덜너덜한 '내복'을 보자 저도 모르게 웃음이 터져 나왔어요.

식사를 마친 그는 매일 하던 서류 베끼는 일은 까맣게 잊은 채 약속 시간이 되기만을 기다렸어요. 날이 어두워지자 그는 기다렸다는 듯 외투를 걸치고 밖으로 나갔어요.

계장의 집은 아카키 아카키예비치의 집에서 아주 멀리 떨어진 부자 거리에 있었어요. 그 거리 사람들은 하나같이 좋은 옷을 입고 다녔어요. 붉은 벨벳 모자를 쓴 마부가 운전하는 화려한 자가용 마차들도 눈에 띄었어요. 아카키 아카키예비치에게는 이 모든 것이 신기하고 낯설게 다가왔어요.

그는 호기심 어린 눈으로 가게에 붙은 포스터를 구경하기도 했어요. 구두를 벗는 아가씨를 문틈으로 쳐다보는 신사가 그려져 있었어요. 아카키 아카키예비치는 히죽 웃고는 다시 걸음을 옮겼어요. 글쎄, 왜 웃었던 걸까요? 그에게는 난생 처음 보는 것들뿐인데 말이에요. 그도 사람인지라 이런 광경에 마음속 깊숙한 곳의 무언가가 꿈틀거린 것일까요?

마침내 그는 계장의 집에 도착했어요. 계장은 아주 호화스러운 집에 살고 있었어요. 계단에는 등불이 환하게 밝혀져 있었고, 현관에는 손님용 고급 슬리퍼가 놓여 있었어요. 벽에는 외투와 망토들이 쭉 걸려 있었어요. 그중에는 수달 가죽이나 벨벳을 댄 것도 있었지요.

그때 옆방에서 달그락거리는 그릇 소리와 시끄러운 말소리가 들려왔어요. 아카키 아카키예비치가 문 앞으로 다가갔을 때, 마침 하인이 빈 쟁반과 접시 따위를 들고 밖으로 나왔어요. 문이 열리자 왁자지껄 떠드는 소리가 더욱 크게 들렸어요. 동료들은 벌써 모인 것 같았어요.

아카키 아카키예비치는 직접 외투를 현관에 걸어 놓고 방으로 들어갔어요. 그는 환하게 켜진 촛불과 담배 파이프, 카드놀이 탁자를 보고 당황하고 말았어요. 어디에 끼어야 할지 몰라 그저 우두커니 서 있기만 했어요. 그러나 곧 동료들이 그를 발견하고는 일제히 박수를 치며 환영했어요. 그러고는 우르르 현관으로 몰려나가 새 외투를 다시 구경했지요. 아카키 아카키예비치는 여전히 쑥스러웠지만, 자신의 외투를 인정받는 것 같아 은근히 기뻤어요.

그러나 그뿐이었어요. 외투를 구경한 사람들은 이내 흥미를 잃고 말았어요. 그래서 다시 카드놀이를 하거나 의자에 앉아 대화를 나누었지요. 아카키 아카키예비치는 영 정신이 없었어요. 이곳에서 무엇을 해야 할지, 어떻게 말해야 할지 도무지 알 수 없었지요.

그는 한참 뒤에야 카드놀이를 하는 사람들 옆으로 머뭇거리며 다가갔어요. 들고 있는 카드 패를 구경하기도 하고, 이 사람 저 사람 얼굴을 기웃거리기도 했어요. 그러나 카드놀이를 구경하는 것은 몹시 지루한 일이었어요. 게다가 평소대로라면 그는 이미 잠자리에 들었어야 할 시간이기도 했지요. 아카키 아카키예비치는 하품을 참으며 몰려오는 졸음을 쫓으려

애썼어요.

그는 집에 돌아가려 했지만 동료들은 새 외투를 기념하는 샴페인을 마셔야 한다며 그를 보내 주지 않았어요. 잠시 후 그는 사람들의 성화에 샴페인을 두 잔 정도 마셨어요. 술이 한 바퀴 돌고 나자 방 안 분위기는 더욱 활기차졌어요.

어느덧 자정이 넘었어요. 아카키 아카키예비치는 사람들의 눈을 피해 슬며시 방을 빠져나왔어요. 그런데 현관에 가 보니 글쎄, 그의 새 외투가 바닥에 떨어져 있지 않겠어요? 기분이 상한 그는 외투에 묻은 먼지를 깨끗하게 턴 뒤 계장의 집에서 나왔어요.

밤이 깊었지만 거리는 여전히 밝았어요. 아직 문을 연 가게도 꽤 있었어요. 사람들은 깔깔거리며 정신없이 떠들고 있었어요.

아카키 아카키예비치는 왠지 들뜬 기분으로 거리를 걸었어요. 이유는 모르겠지만, 어떤 귀부인의 뒤를 따라가려는 생각이 들기도 했어요. 그러다 발걸음을 멈추고 '내가 왜 저 여자를 따라가려 했을까?'하면서 고개를 갸웃거렸어요.

번화가를 지난 그는 어둡고 으슥한 거리에 이르렀어요. 사람이라고는 그림자도 보이지 않았지요. 낮에도 좀 찜찜한 기분이 드는 곳인데, 밤이 되자 더욱 음침하게 보였어요. 기름이 떨어졌는지 가로등의 불도 다 꺼져 있었지요. 길 위에 쌓인 눈만이 하얗게 반짝일 뿐이었어요.

이윽고 그는 광장에 도착했어요. 광장은 무서운 사막처럼 보였어요. 멀리서 경찰서의 불빛이 깜박이고 있었어요. 그 불빛은 아주 아득하게만 느껴졌어요. 어느덧 파티에서의 흥분도 점점 가라앉고 있었어요. 그는 무언가 불길한 예감에 부르르 몸을 떨며 광장을 걷기 시작했어요. 갑자기 이상한 느낌을 받아 뒤를 휙 돌아보면, 보이는 것이라곤 새카만 어둠뿐이었어요.

'그래, 차라리 아무것도 보지 말자.'

그는 두 눈을 꼭 감은 채 걸었어요. 그러자 한결 덜 무서웠지요. 얼마나 지났나, 확인하려고 눈을 뜬 그는 소스라치게 놀라고 말았어요. 코가 닿을 정도로 가까운 거리에 웬 남자 두 명이 우뚝 서 있었던 거예요. 도대체 어떤 녀석들인지 분간할 틈조차 없었어요. 그의 심장이 방망이질을 하듯 세차게 뛰었어요.

"어라, 이거 내 외투잖아?"

남자 한 명이 아카키 아카키예비치의 외투를 잡으며 말했

어요. 아카키 아카키예비치가 "사람 살려!"하고 외치려 하자, 다른 남자가 커다란 주먹으로 그의 입을 틀어막아 버렸어요. 그러고는 귓가에 대고 음산한 목소리로 "소리치면 알지?"하고 윽박질렀어요. 그들은 아카키 아카키예비치의 외투를 벗긴 뒤 마구 때리기 시작했어요.

정신을 차려 보니, 아카키 아카키예비치는 눈 속에 쓰러져 있었어요. 남자들은 이미 사라진 뒤였지요. 광장은 너무나 추워서 그는 오들오들 몸을 떨었어요. 그러다 문득 외투를 뺏겼다는 사실을 기억해 냈지요. 그는 "으아아아!"하고 미친 듯이 울부짖으며 경찰서를 향해 달려갔어요. 마침 경찰 한 명이 총을 들고는 "도대체 어떤 놈이 이렇게 소리를 지르는 거야?" 하면서 초소 앞에 서 있었어요. 경찰을 보자마자 아카키 아카키예비치는 엉엉 울음을 터뜨리고 말았어요.

"당신들이 제대로 일을 하지 않았기 때문에 괴한들에게 외투를 빼앗겼잖아!"

그러자 경찰이 말했어요.

"보기는 했는데, 당신 친구들인 줄 알고 별 신경 안 썼지요. 여기서 이러지 말고 내일 다시 와서 도난 신고나 하세요."

아카키 아카키예비치는 완전히 넋이 나가 터덜터덜 집으

로 돌아왔어요. 얼마 안 되는 머리칼은 헝클어져 있었고, 옷은 온통 눈으로 범벅이 되어 있었지요. 하숙집 할머니는 문을 열어 주러 나왔다가 그의 모습을 보고 뒤로 자빠질 듯 놀랐어요. 아카키 아카키예비치는 훌쩍거리면서 광장에서 있었던 일을 말해 주었어요.

노파가 말했어요.

"이런 일은 경찰서장을 찾아가야 해요. 서장님이라면 매주 교회에서 뵙는데, 얼마나 상냥하게 대해 주시는지 원! 분명 이번 일을 그냥 지나치시지 않을 거야."

아카키 아카키예비치는 눈물을 그치기는 했으나 여전히 슬픔에 잠긴 채로 자기 방으로 돌아왔어요. 그날 밤 그가 어떤 심정으로 밤을 지새웠는지는 남의 마음을 헤아릴 줄 아는 사람들의 판단에 맡기겠어요.

다음 날 아카키 아카키예비치는 아침이 되자마자 경찰서장을 찾아갔어요. 경찰서장은 아직 꿈나라에 있었어요. 그래서 하는 수 없이 10시쯤 다시 찾아갔으나 여전히 자고 있다고 했어요. 11시에 가니 이번에는 "서장님께서 외출하셨습니다." 라고 하지 뭐예요?

결국 그는 점심시간에 다시 경찰서장을 찾아갔어요. 그러

자 이번에는 경찰서장의 비서가 그를 들여보내지 않으려 했
어요. 무슨 일로 왔느냐, 약속은 하고 온 거냐, 하면서 귀찮게
굴었지요. 이쯤 되자 아카키 아카키예비치도 도저히 참을 수
없었어요.

"이것 봐, 나는 관청에서 공무● 때문에 찾아온 사람일세! 자
꾸 이렇게 나온다면 상부에 업무 방해죄로 고소하는 수밖에!"

비서는 그의 기세에 눌려 경찰서장에게 안내해 주었어요.
이렇게 아카키 아카키예비치가 자신이 만만히 볼 상대가 아
니라는 것을 알려 준 것은 이번이 처음이었지요. 그러나 정작
경찰서장은 아카키 아카키예비치의 도둑맞은 외투에 대해서
는 별다른 관심이 없었어요. 관심은커녕 오히려 화만 낼 뿐이
었어요.

"그러니까 밤늦게 싸돌아다니면 안 된다는 거요! 혹시 어디
수상한 곳에 있었던 아니겠지?"

아카키 아카키예비치는 별다른 소득 없이 밖으로 나왔어
요. 경찰서장을 만난 게 잘한 짓인지 아닌지조차 알 수 없었
지요.

그날 그는 관청에 출근하지 않았어요. 그가 일하기 시작한
이래로 처음 있는 일이었지요.

이튿날 그는 핏기 하나 없이 창백한 얼굴로 관청에 나갔어요. 예전보다 더욱 을씨년스러워 보이는 '내복'을 걸치고 말이에요. 몇몇은 그의 헌 외투를 놀렸지만, 대부분은 새 외투를 도둑맞은 것을 안타깝게 여겼어요. 동료들은 그를 위해 성금을 모았지만, 모은 돈은 얼마 되지 않았어요. 그도 그럴 것이, 관리들이란 이런저런 일로 돈 뜯기는 일이 많은 법이거든요. 국장의 초상화를 사 주는가 하면, 과장의 친구가 냈다는 책도 한 권 사야만 했지요.

그때 동료 한 명이 아카키 아카키예비치에게 도움이 되는 이야기를 해 주었어요.

"경찰서에 가 봤자 소용없네. 외투를 찾았다고 해도 그 외투가 자네 외투라는 증거가 없지 않은가. 그러면 그대로 경찰서에 보관될 뿐이야. 가장 좋은 방법은 힘 있는 사람에게 부탁하는 거라네. 높으신 나리 말 한마디면 즉시 해결될 거야."

아카키 아카키예비치는 고위 관리를 찾아가기로 결심했어요. 그 고위 관리가 누구인지, 어떤 부서의 사람인지는 아직 알려지지 않았어요. 밝혀진 거라고는 그가 최근에 고위 관리가 되었으며, 그전까지는 별로 대단할 것 없는 지위에 있었다는 거예요. 물론 현재 그의 지위 역시 더 중요한 다른 관리에

비하면 대수롭지 않지만 말이에요.

하지만 이 세상에는 별 대수롭지 않은 지위라도 본인 스스로는 아주 대단하게 여기는 사람이 어느 시대에나 있기 마련이에요. 더욱이 그 고위 관리는 자신의 위치를 더욱 대단한 것으로 만들기 위해 갖은 노력을 기울이고 있었어요. 부하 직원을 시켜 출근할 때마다 마중을 나오게 하고, 자기를 만나기 위해서는 아주 복잡하고 까다로운 절차를 밟게끔 했지요.

우리 러시아는 남 따라하는 것을 아주 좋아하지요. 그러다 보니 상관의 이런 행동마저 그대로 흉내 내는 사람이 있을 정도예요.

심지어는 이런 이야기도 있어요. 어떤 9급 관리가 작은 관청의 장에 임명되었어요. 그는 바로 사무실 한쪽을 막아 자기의 방을 만든 뒤 '집무실'이라 불렀어요. 그리고 그 앞에 수위를 세워 두고 손님이 올 때마다 일일이 문을 여닫게 했어요. 그런데 그 집무실은 책상 하나가 겨우 들어갈 만한 아주 비좁은 공간이었대요.

아무튼 아카키 아카키예비치가 찾아간 이 고위 관리 역시 자신이 매우 중요한 자리에 있다고 생각하는 그런 사람들 중 한 명이었어요. 그는 항상 "엄격히!"를 입에 달고 살았어요.

"엄격히, 엄격히, 모든 것을 엄격히!" 그러면서 거만한 표정으로 상대방을 쏘아보는 거였어요. 굳이 그러지 않아도 이 관청 사람들은 모두 그 고위 관리에게 겁을 집어먹고 있는 데 말이에요. 관청 사람들은 멀리서 그의 모습이 보이면 벌떡 일어나 차렷 자세를 취한 채 그가 지나갈 때까지 그대로 서 있을 정도였어요.

그 고위 관리는 부하 직원에게도 아주 엄격한 태도로 말했어요. 그가 사용하는 말은 딱 세 마디였어요. 하나는 "자네, 지금 누구 앞이라고 그렇게 건방지게 말하는 건가?", 둘은 "지금 내가 누구인지는 알고 있나?" 그리고 "자네가 감히 나한테 그럴 수 있는가?"까지 딱 셋이었지요.

그래도 본심은 착해서, 동료의 일을 잘 보살펴 주는 편이었어요. 그러나 높은 지위가 그의 머리를 돌게 만들었어요. 그가 고위 관리가 된 후부터, 그는 자기보다 낮은 계급의 사람을 만나면 좀처럼 이야기를 할 수 없었어요. 혹시 자기가 그들 앞에서 너무 겸손하게 행동하지는 않을까 걱정되었기 때문이에요. 그런 행동은 자신의 직위에도 어울리지 않으며, 체면을 깎을 뿐이라 여겼지요. 그래서 앞서 말한 저 세 마디만 내뱉게 된 거예요. 물론 사람들은 그런 그를 거만하다고 생각했고요.

아카키 아카키예비치가 찾아간 고위 관리는 바로 이런 사람이었어요. 가뜩이나 그가 고위 관리를 찾아간 것은 하필이면 가장 좋지 않은 때였어요. 여기서 '좋지 않다'는 것은 어디까지나 아카키 아카키예비치의 입장일 뿐이에요. 고위 관리에게는 오히려 때맞춰 찾아와 주었다 해도 과언이 아니었거든요.

고위 관리는 페테르부르크에 온 어릴 적 죽마고우를 만나 이야기꽃을 피우고 있었어요. 그때 '바쉬마치킨이라는 자가 찾아왔다'는 보고를 받은 거예요.

"도대체 뭐하는 사람이야?"

고위 관리는 퉁명스러운 어조로 물었어요.

"어느 관청의 관리라고 하더군요."

"그래? 지금은 바쁘니까 기다리라고 해."

고위 관리의 말은 거짓이었어요. 그와 그의 친구는 벌써 오래 전에 이야깃거리가 떨어져서 "그렇다네, 이반 아브라모비치!", "그랬었나, 스제판 바를라모비치!" 따위의 말만 되풀이하고 있었거든요. 그가 아카키 아카키예비치를 기다리게 한것은 오랜만에 만난 친구에게 자신이 얼마나 대단한 사람인

지 보여 주고 싶었기 때문이었어요. 자기는 아무나 쉽게 만날 수 있는 사람이 아니라고 자랑하고 싶었던 거예요.

한참 뒤, 아카키 아카키예비치는 고위 관리를 만날 수 있었어요. 관리는 그의 낡아빠진 제복을 보고 거만한 표정을 지었어요.

"그래, 용건이 무엇이오?"

아카키 아카키예비치는 두려움에 떨면서 '실은, 그게…….' 따위의 말을 섞어 가며, 외투를 도둑맞은 일에 대해 더듬더듬 설명했어요. 그리고 만약 경찰서장에게 외투를 찾게끔 몇 자 적어 준다면 많은 도움이 될 거라는 이야기를 어렵게 꺼냈어요.

고위 관리는 아카키 아카키예비치의 행동이 아주 무례하다고 느껴졌어요. 정확한 이유는 모르겠지만, 그의 행동 어딘가가 고위 관리의 마음에 거슬렸던 모양이에요. 그래서 이렇게 말했지요.

"지금 여기가 어딘지 알고 그러는 건가? 관청 서기라는 자가 일의 순서도 모르냐 이 말이야! 일단 창구로 가서 탄원서● 부터 제출하게. 그럼 서류가 계장, 과장, 비서를 거쳐 나한테 올 테니까. 얘기는 그때 가서 해야 하는 거라고!"

탄원서 … 사정을 하소연하여 도와주기를 간절히 바라는 글이나 문서.

아카키 아카키예비치는 너무 무서운 나머지 땀을 뻘뻘 흘리며 말했어요.

"하, 하지만 그게, 그 사람들을 믿을 수가 없는지라……."

"뭐라고? 지금 자네 뭐라고 했나?"

고위 관리가 소리쳤어요.

"도대체 어디서 그따위 말을 내뱉는 건가? 어디서 그런 사상을 배워 온 거냐고! 요즘 젊은 놈들은 이래서 안 돼. 웃어른과 상관에게 이렇게 불손하게 대해서야 되겠나?"

고위 관리는 아카키 아카키예비치가 이미 쉰이 넘은 사람이라는 걸 모르는 듯했어요. 아카키 아카키예비치를 젊은이라 부를 수 있는 건 일흔 살이 넘는 노인들뿐인데 말이에요.

"자네, 지금 누구 앞이라고 그렇게 건방지게 말하는 건가? 내가 누군지는 알고 그러는 거야? 어디 말해 보게. 응? 알아, 몰라?"

그는 아카키 아카키예비치를 겁주기 위해 더욱 큰 소리로 고함을 쳤어요. 아예 발까지 구르고 난리도 아니었지요. 아카키 아카키예비치는 거의 넋을 잃어서는 비틀거리며 뒤로 물러섰어요. 두 다리가 후들후들 떨려서 그대로 서 있는 것조차 힘겨웠어요. 만약 수위가 부축해 주지 않았다면 그대로 건물

바닥에 주저앉고 말았을 거예요. 그는 밖으로 질질 끌려나왔
어요.

고위 관리는 아카키 아카키예비치의 태도에 매우 만족했어
요. 자신의 말 한마디가 누군가를 쓰러지게 만들 수 있다니!
그는 힐끔거리며 친구의 눈치를 살폈어요. 친구도 그의 행동
에 깜짝 놀라 겁을 먹은 것만 같았어요. 고위 관리는 더욱 기
분이 좋아졌어요.

한편 아카키 아카키예비치는 어떻게 계단을 내려와 건물
을 빠져나왔는지 기억할 수조차 없을 만큼 정신이 없었어요.
그의 온몸에는 전혀 감각이 없었어요. 여태까지 상관들한테,
그것도 다른 관청의 높은 관리에게, 이렇게 호되게 당한 적은
이번이 처음이었어요.

그는 멍하니 입을 벌린 채 눈보라를 헤치며 걸었어요. 똑바
로 걷는다고 걸었으나 다리는 자꾸 보도 밖을 벗어나고는 했
어요. 페테르부르크의 날씨가 원래 그렇지만, 이날따라 바람
이 사방팔방에서 살을 베일 듯한 기세로 휘몰아쳤어요.

집에 도착한 아카키 아카키예비치는 목이 퉁퉁 부어 말조
차 제대로 할 수 없었어요. 그는 여전히 넋이 나가서는, 외투
에 대해서 생각하는 것조차 잊은 채 잠에 빠져들었어요. 외

투를 생각하지 않고 잠들다니, 도둑맞은 날 이후로 처음 있는 일이었어요. 때로는 상관의 꾸지람 한마디가 엄청난 위력을 발휘하기도 하는 모양이에요!

이튿날 그는 엄청나게 높은 열에 시달렸어요. 하필이면 페테르부르크의 기온까지 떨어지면서, 그의 병은 더욱 악화되었어요. 진찰을 하러 온 의사는 이미 늦었다며 고개를 도리도리 저었어요. 이대로 환자를 죽였다는 소리를 듣고 싶지 않거든 찜질이라도 좀 해 주라는 말뿐이었어요. 그러고는 하숙집 할머니를 향해 이렇게 덧붙였어요.

“할머니, 소나무 관이나 하나 준비해 두세요. 이런 사람한테 비싼 참나무 관은 과분하니까요.”

사경*을 헤매던 아카키 아카키예비치가 그 말을 들었을까요? 글쎄, 모를 일이지요. 설령 들었다 해도, 그것이 그에게 어느 정도의 충격을 주었는지, 그가 자신의 인생을 불쌍하다고 여기게 되었는지 어쩐지 알 수 없는 노릇이에요.

아카키 아카키예비치는 혼수상태에 빠져 헛소리만 해대고 있었어요.

페트로비치가 나타나자,

“내 침대 밑에 외투를 훔쳐간 도둑놈이 있네. 그 자식을 체

사경 ··· 죽을 지경. 또는 죽음에 임박한 경지.

포해야 하니 올가미가 달린 외투 하나만 만들어 주게.”

라고 말하는가 하면,

“이불 속에 도둑놈이 있어요! 빨리 꺼내 주세요!”

하고 주인 할머니를 불렀어요. 그러다가 갑자기,

“새 외투는 어디 가고 저 낡아빠진 외투가 벽에 걸려 있지
요?”

하면서 물어보기도 했어요. 어쩔 때는 겁에 질려서 부들부
들 떨더니 이렇게 외치는 것이었어요.

“죄송합니다, 나리!”

그러더니 입에 담기도 어려울 만큼 고약한 욕을 퍼붓기 시
작했어요. 깜짝 놀란 주인 할머니는 성호를 그으며 하나님께
기도를 올렸어요. 나중에는 그가 도무지 무슨 말을 하는지 알
아들을 수가 없었어요. 오직 하나, ‘외투’라는 단어가 계속해
서 나온다는 것만 빼고 말이에요.

가엾은 아카키 아카키예비치는 이렇게 숨을 거두고 말았
어요. 그의 마지막 유산이 얼마나 되었는지는 아무도 몰라
요. 유산을 물려받은 사람이 없었기 때문이에요. 사실 유산이
라고 해 봤자 거위 깃털로 만든 펜 한 묶음, 관청에서 쓰는 종
이 뭉치, 양말 세 켤레, 바지 두세 벌, 그리고 독자들도 잘 알

고 있는 그 '내복 같은 외투'뿐이었어요. 이것들이 누구의 손에 들어갔는지는 알 수 없었어요. 솔직히 말해서 지금 이 글을 쓰는 나조차도 그런 것엔 관심이 없고요.

아카키 아카키예비치의 시신은 어느 묘지에 묻혔어요. 그는 죽었지만 그가 살던 페테르부르크는 아무것도 달라지지 않았어요. 마치 아카키 아카키예비치란 사람이 처음부터 존재하지 않았던 것처럼 말이에요. 그 누구의 흥미도 끌지 못하고, 그 누구의 인정도 받지 못했으며, 그 누구의 사랑도 받지 못했던 아카키 아카키예비치는 그렇게 이 세상에서 영영 사라지고 말았어요.

그러나 그에게도 비록 죽기 직전의 짧은 순간이었지만 외투 때문에 행복했던 나날들이 있었어요. 그리고 그 누구도 피해갈 수 없는 죽음이란 불행이 그를 덮친

「외투」가 높이 평가받는 이유

고골의 작품 중에서도 특히 「외투」는 이후 대부분의 러시아 단편 소설의 토대가 되었다는 평가를 받아요. 고골은 「외투」에서 9급 관리 아카키의 삶을 통해 현실의 어두운 측면과 사회에서 소외된 이들의 삶을 사실적으로 그려 냈어요. 이는 이전까지 러시아 작가들이 주목하지 않았던 소재예요. 즉 고골은 러시아 문학 최초로 사실주의 문학을 했던 작가였던 것이에요. 그래서 고골의 작품은 작가들에게 커다란 영향을 주었지요. 고골의 작품에는 언제나 보다 나은 인간다운 생활을 위한 바람이 담겨 있어요. 이후 러시아 문학은 「외투」에 영향을 크게 받아서 가난한 자들을 주목하게 되었어요.

것이었어요.

그가 죽은 지 3일 뒤, 관청의 수위가 하숙집을 찾아왔어요. 국장이 며칠째 출근하지 않는 그에게 빨리 관청에 나오라고 명령을 내렸기 때문이에요. 그러나 수위는 그대로 돌아가 국장에게 이렇게 보고할 수밖에 없었어요.

"국장님. 그는 더 이상 출근할 수 없게 되었습니다."

"어째서?"

"죽었답니다. 벌써 사흘 전에 묻혔다던데요."

이렇게 해서, 이제 관청 사람들도 아카키 아카키예비치가 죽었다는 사실을 알게 되었어요. 이튿날에는 이미 아카키 아카키예비치의 후임으로 새로운 관리가 와 있었어요. 그는 아카키 아카키예비치보다 훨씬 키가 크고, 체격이 좋은 사람이었어요. 하지만 아카키 아카키예비치처럼 반듯한 필체가 아닌, 옆으로 비스듬히 기울어진 글씨를 썼지요.

그런데 아카키 아카키예비치의 이야기는 여기서 끝이 아니에요. 아무에게도 인정받지 못했던 삶을 보상이라도 받으려는 걸까요? 아카키 아카키예비치는 죽은 뒤 며칠 동안이나 소란을 일으켰어요. 그가 죽은 뒤에도 이런 식으로 삶을 유지하게 될 줄은 아무도 몰랐지요. 하지만 정말 그런 일이 일어나

고 말았어요. 그렇게 해서 이 서글픈 이야기는 뜻밖에도 환상적인 결말을 맞게 되었어요.

그즈음 페테르부르크에는 이상한 소문이 퍼졌어요. 칼린킨 다리와 그 근처에서 관리 옷차림을 한 유령이 나타난다는 거예요. 유령은 특이하게도 외투를 도둑맞았다면서, 지나가는 사람들의 외투를 모조리 빼앗아 버린다는 것이었어요. 그 사람의 지위가 높건 낮건, 외투에 고양이 가죽이 달렸건 담비 가죽이 달렸건 간에 일단 몸을 감싸 외투처럼 보이는 것이라면 모조리 벗겨 간다는 소문이었어요.

어느 관리는 자기 눈으로 직접 그 유령을 목격했다고 말했어요. 그는 단번에 그 유령이 아카키 아카키예비치라는 것을 알아보았어요. 그러고는 왈칵 겁을 집어먹고 냅다 도망쳤지요. 뒤를 보니 아카키 아카키예비치의 유령이 손가락을 움직이며 자신을 부르고 있었다고 했어요.

여기저기서 외투를 도둑맞았다는 이들이 끊이지 않았어요. 9급 관리는 물론이고, 7급 관리들까지도 추위를 호소하며 덜덜 떨었어요. 이쯤 되자 경찰에서도 더 이상 보고만 있을 수 없었어요. 급기야 살았든 죽었든 간에 유령을 보면 반드시 체포하라는 명령까지 떨어졌어요.

그러던 어느 날이었어요. 한 경찰이 키류쉬킨 골목에서 외투를 뺏으려던 유령과 마주친 거예요. 유령은 플루트를 연주하던 전직 악사와 외투를 두고 실랑이를 벌이는 중이었어요. 경찰은 유령의 멱살을 틀어쥐고 자신의 동료들을 소리쳐 불렀어요. 우여곡절 끝에 유령을 잡은 경찰은 동료들이 오자 유령을 맡기고 잠시 담배를 피웠어요. 너무 추운 나머지 동상에 걸린 코를 잠시 녹이기 위해서였지요.

그런데 담배 냄새가 너무 지독했던 모양이에요. 글쎄, 유령이 그만 재채기를 하고 만 거예요. 그 바람에 담배 가루가 날려 경찰 세 사람의 눈에 들어갔어요. 깜짝 놀란 경찰들이 눈을 비비는 사이, 유령은 흔적도 없이 사라져 버렸어요. 경찰들은 자신들이 유령을 잡긴 했던 건지 의심스러워졌어요. 순간 그들의 마음속에는 유령에 대한 깊은 공포심이 자라났어요. 나중에는 유령이 아닌 살아 있는 사람조차 제대로 잡을 수 없었어요. 그저 멀리서 "어디로든 가 버리란 말이야!" 하면서 고함을 질러댈 뿐이었지요.

이렇게 해서, 제복 차림의 유령은 이제 칼린킨 너머까지 돌아다니게 되었어요. 어지간히 간이 큰 사람이 아니고서야 다리 근처에 가는 것을 꺼려했지요.

잠깐, 여기서 아카키 아카키예비치가 만났던 고위 관리를 떠올려 볼까요? 사실 그 사람 때문에 이 이야기가 환상적인 분위기를 띠게 됐다고 해도 과언이 아니니까요.

그날 아카키 아카키예비치가 그렇게 물러간 뒤, 고위 관리는 연민 비슷한 감정을 느꼈어요. 비록 자신의 자리 때문에 그렇게 굴었을 뿐, 사실은 그도 꽤나 동정심이 많은 사람이었지요. 시골에서 온 친구가 나가자마자, 고위 관리의 머릿속에 아카키 아카키예비치가 떠올랐어요. 그 별것 아닌 꾸중에 얼굴이 새하얗게 질려서는 질질 끌려 나가던 모습이 좀처럼 잊히지 않았어요.

고위 관리는 매일매일 아카키 아카키예비치를 생각하며 괴로워했어요. 그래서 일주일 후 부하 직원을 보내어 그 관리가 어떻게 지내고 있는지, 그를 도울 수 있는 방법이 있는지 알아 오도록 했어요. 그런데 부하 직원은 아카키 아카키예비치가 병에 걸려 죽었다고 보고하는 것이었어요. 고위 관리는 커다란 충격을 받았어요.

어느 날이었어요. 죄책감에 시달리던 그는 우울한 기분을 풀기 위해 친구가 연 파티에 참석했어요. 비슷한 지위의 사람들이 모인 파티라 아주 편하게 즐길 수 있었지요. 그는 친구들과 기쁜 시간을 보냈어요. 밤에는 샴페인을 무려 두 잔이나 마셨어요. 잘 알다시피, 샴페인은 흥을 돋우는 데 탁월한 효과가 있지요.

샴페인을 마시자 고위 관리는 평소라면 절대 안 했을 과감한 행동을 해 보고 싶었어요. 집으로 가는 대신, 예전부터 가까이 지내던 카롤리나 이바노브나라는 여자를 찾아가기로 마음먹은 거예요.

참고로 말하자면, 고위 관리는 이미 한 가정의 남편이자 아버지였어요. 두 아이 가운데 아들은 이미 관청에서 일을 하고 있었으며, 귀여운 딸은 올해로 열여섯 살이 되었지요. 자식들은 매일 "안녕, 아버지!" 하고 외치며 손에 키스를 하곤 했어요. 아내는 또 어떻고요. 그의 아내는 아직도 생기가 넘치는 젊은 여인이었어요.

고위 관리는 이렇게 행복한 가정을 꾸리고 그 생활에 만족하면서도, 한편으로는 이렇게 여기고 있었어요.

'일하는 남자가 여자친구 하나쯤 두는 게 뭐 어때서?'

여자친구라 해도 그의 아내보다 젊지도, 예쁘지도 않았어요. 그래요. 뭐 이런 경우야 흔해 빠졌지요. 그러니 우리가 이러니저러니 따지고 들지는 말도록 해요.

어쨌든 고위 관리는 여자친구의 집으로 향했어요. 마차 안에서 그는 따뜻한 외투에 몸을 감싼 채 행복한 기분에 취해 있었어요. 방금까지 파티에서 나누었던 대화 같은 것들을 떠올리자 저절로 웃음이 나왔어요. 그러나 이따금씩 찬바람이 불어와 그의 달콤한 상상을 방해했어요. 도대체 바람이 어디서 불어오는지조차 알 수 없었어요. 바람은 그의 얼굴에 차가운 눈을 흩뿌렸어요. 외투 깃이 정신없이 펄럭이며 그의 뺨을 사정없이 후려치기 시작했어요.

문득 고위 관리는 이유를 알 수 없는 두려움에 빠졌어요. 그 순간 누군가 자신의 외투 깃을 꽉 잡고 있다는 사실을 눈치챘어요. 그는 천천히 뒤를 돌아보았어요. 그러자 그곳엔 울긋불긋 바랜 제복을 입은 땅딸막한 남자가 서 있었어요. 그래요. 바로 아카키 아카키예비치였던 거예요.

아카키 아카키예비치의 얼굴은 눈보다도 더 창백했어요. 누가 보아도 유령이란 걸 알 수 있었지요. 유령이 입을 일그러뜨리며 차가운 입김을 내뿜었을 때는 어찌나 무섭던지, 고위 관리는 당장 오줌을 지릴 것만 같았어요.

"이제야 네놈을 만났구나! 드디어 네놈의 목덜미를 잡았어! 너는 나를 도와주기는커녕 거들먹거리며 호통만 쳤었지! 자,

이제 네놈의 외투를 내 놔!"

　고위 관리는 너무나 무서운 나머지 숨조차 제대로 쉬지 못
했어요. 부하들에게 보여 주던 거만하고도 위엄 있는 모습은
모두 사라져 버렸어요. 그저 유령에게 해코지라도 당할까 봐
덜덜 떨리는 손으로 외투를 벗어젖히는 가엾은 남자가 있을
뿐이었지요. 그는 허겁지겁 외투를 벗어 던지고는 마부에게
큰소리로 외쳤어요.

　"빨리, 빨리 집으로 가게!"

　마부는 심상치 않은 기운을 느끼고 재빨리 말을 몰았어요.
주인의 목소리에서 평소에는 느끼지 못했던 다급함이 전해졌
기 때문이에요. 기껏해야 6분 정도 지났을까요? 고위 관리는
벌써 자기 집 현관에 도착해 있었어요. 카롤리나 이바노브나
를 만나야 한다는 생각은 이미 사라진 지 오래였지요.

　유령을 보고, 외투까지 잃어버린 고위 관리는 뜬눈으로 밤
을 지새웠어요. 눈을 감으면 유령의 얼굴이 둥둥 떠다녔고,
귀에서는 자신을 부르는 듯한 유령의 목소리가 맴돌았어요.

　다음 날 아침, 딸이 차를 마시며 말했어요.

　"어디 편찮으세요? 안색이 굉장히 안 좋아요."

　고위 관리는 아무런 대답도 하지 않았어요. 그는 어제 저녁

에 어디를 갔었는지, 어디를 가려고 했는지, 무슨 일이 벌어졌는지에 대해서 입도 벙긋하지 않았어요.

이 사건은 그에게 엄청난 충격을 가져다주었어요. 이제 그는 부하 직원들을 향해 "자네, 지금 누구 앞이라고 그렇게 건방지게 말하는 건가?" 따위의 '항상 하는 세 마디'를 전보다 덜 사용하게 되었어요. 그러나 그보다 더욱 중요한 사실은 그날 밤 이후 더 이상 관리 제복을 입은 유령이 나타나지 않았다는 거예요. 아마 고위 관리의 외투가 유령의 마음에 쏙 들었던 모양이에요.

이것으로, 유령에게 외투를 뺏겼다는 소문은 더 이상 들려오지 않았어요. 물론 변두리에서는 아직도 관리 제복을 입은 유령이 나타난다고 수군거리고 있었지만요.

실제로 콜로멘스키의 경찰 한 명이 어느 집 모퉁이에서 유령을 보았다고 했어요. 그런데 이 경찰로 말하자면, 태어날 때부터 아주 형편없는 약골이었어요. 한 번은 새끼 돼지가 그의 다리를 들이받는 바람에 벌렁 자빠져 주위에 있던 마부들이 낄낄거리며 웃어댄 적도 있었어요. 그런 사람이 유령을 보았으니 얼마나 무서웠겠어요? 그는 유령을 직접 불러 세우지는 못한 채 뒤만 졸졸 따라갔어요.

그때였어요. 유령이 우뚝 멈춰 서더니 홱 고개를 돌렸어요.

"넌 도대체 뭐야?"

그러면서 사람의 것과는 비교도 안될 만큼 커다란 주먹을 불쑥 내미는 게 아니겠어요?

깜짝 놀란 경찰은 "아무것도 아닙니다! 죄송합니다!"라고 외친 뒤 얼른 되돌아왔대요.

「아기 도련님」
라빈드라나드 타고르

"도련님! 도련님! 어디 계세요!"
그러나 아무런 대답도 들리지 않았어요. 아무리 귀를 기울여 봐도 '챤
나, 나 여기 있어.'하는 아기 도련님의 목소리는 들리지 않았어요. 아기
도련님의 울음소리도, 웃음소리도, 짜증을 내며 투정 부리는 소리도,
귀찮다고 칭얼거리는 소리까지 전부 다 말이에요. 들리는 것이라고는
세차게 흘러가는 강물 소리뿐이었어요.

라이챠란은 열두 살 때 아누쿨 집안의 하인이 되었어요. 원래 그는 아누쿨과 같은 계급이었지만 집안이 망하여 카스트 제도에 따라 하인 신세가 된 거예요. 라이챠란은 그 집의 어린 아들인 아누쿨을 돌보는 일을 맡았어요.

어느덧 세월이 흘렀어요. 어린 아이였던 아누쿨은 이제 라이챠란의 품을 떠나게 되었어요. 학교에 입학하고, 대학에 다녔으며, 졸업한 후에는 사법 관련 일을 하게 되었지요. 아누쿨이 결혼할 때까지 그의 시종은 오직 라이챠란뿐이었어요.

아누쿨이 결혼을 하면서, 라이챠란에게는 모셔야 할 주인이 한 명 더 생겼어요. 바로 아누쿨의 부인이었지요. 라이챠란은 아누쿨에게 하던 것처럼 정성을 다해서 그녀를 모셨어요.

얼마 뒤 아누쿨 부부는 예쁜 아들을 낳았어요. 라이챠란은 항상

인도에는 예전부터 전해져 온 '카스트'라는 신분 제도가 있어요. 승려이자 가장 높은 계급인 브라만, 그 다음으로 왕과 왕족 계급인 크샤트리아, 상민과 서민 계급인 바이샤, 마지막으로 노예 계급인 수드라로 나뉘어져 있지요. 계급에 따라 결혼, 직업, 식사 등 일상생활을 할 때 엄격한 규칙이 있어요.

그래왔듯이 아기를 지극정성으로 보살폈어요. 아기를 무척이나 예뻐하며 하루 종일 품에 안고 사랑을 쏟아 부었지요.

아기는 쑥쑥 자라 어느덧 문지방을 넘어 다니는 나이가 되었어요. 라이챠란이 이리저리 기어 다니는 아기를 잡으러 가면, 아기는 까르르 행복한 웃음을 지으면서 재빨리 기어가고는 했어요. 라이챠란은 그런 아기의 재롱을 보며 여주인을 향해 이렇게 말했지요.

"도련님은 분명 훌륭한 판사님으로 자랄 거예요."

새로운 기적들은 그렇게 하나 둘씩 찾아왔어요. 기어 다니던 아기가 어느새 아장아장 걷게 된 거예요. 아기가 아버지를 '빠빠', 어머니를 '마마', 그리고 라이챠란을 '챤나'라고 불렀을 때, 라이챠란은 감격하여 어쩔 줄을 몰랐어요. 그는 하루하루가 다르게 자라나는 아기의 모습을 주위 사람들에게 자랑했어요.

아기가 자랄수록 라이챠란은 아기를 위해 이것저것 새로운 것들을 배워야만 했어요. 입에 고삐를 물고 엎드린 채 무릎으로 걸어 다니며 말 흉내를 내고, 아이의 작은 키에 맞추어 허리를 굽힌 뒤 씨름도 해야 했어요. 어디 그뿐인가요? 자칫하다 아기가 지기라도 하면 집이 떠날 정도로 울어 대기 때문

에, 눈치채지 못하게 슬쩍 져 주는 기술도 익혀야 했지요.

그러던 어느 해였어요. 아누쿨은 파드마 강변의 한 지방 마을로 전근을 가게 되었어요. 콜카타 지방을 지나가면서 아누쿨은 어린 아들에게 비단 조끼와 금술이 달린 모자, 팔찌와 발찌를 사 주었어요. 그리고 아들과 함께 천천히 산책을 했지요.

그 무렵 마침내 장마철이 다가왔어요. 하늘에서는 하루 종일 장대비가 쏟아져 내렸어요.

강줄기는 굶주린 뱀처럼 꿈틀거리며 마을의 집과 논밭을 모조리 집어삼켰어요. 세차게 내리는 비에 풀과 식물들은 모두 죽고 말았지요. 비가 너무 많이 온 나머지 강둑이 요란한 소리를 내며 무너지기도 했어요. 파드마 강물이 무시무시하게 마을로 들이닥쳤어요.

강물이 흐르는 소리는 마을 먼 곳까지 들렸지요. 물살은 아주 거칠었어요.

그러던 어느 오후였어요. 비록 하늘이 흐릿하기는 했지만 비도 그쳤고 공기도 상쾌한 날이었어요. 그래서일까요? 그날 따라 아기 도련님은 바깥바람을 쐬겠다며 라이챠란에게 투정을 부렸어요. 결국 라이챠란은 유모차를 끌고 아기 도련님을 태워 밖으로 나갔어요.

라이챠란은 강둑까지 천천히 유모차를 끌었어요. 비가 그쳤다지만 하늘이 아직 우중충해서인지 거리에는 아무도 없었어요. 늘 강 위를 떠다니던 배조차 보이지 않았어요.

어느덧 날이 저물기 시작했어요. 강 건너 구름이 조금씩 갈라지더니, 붉은 석양빛이 조금씩 새어 나오기 시작했어요. 평화롭다 못해 경건한 느낌까지 드는 광경이었지요. 그때 아기 도련님이 손가락으로 앞을 가리켜 보였어요.

"챤나, 저기 예쁜 꽃이 있어."

아기 도련님의 손을 따라가니, 강둑 사이의 카담바나무에 꽃이 활짝 피어 있었어요. 아기 도련님의 눈이 반짝거렸어요. 라이챠란은 도련님이 꽃을 가지고 싶어 한다는 사실을 눈치 챘어요.

예전에 라이챠란은 카담바나무의 꽃을 한가득 따서 작은 꽃수레를 만들어 준 적이 있어요. 아기 도련님은 꽃수레를 끈에 매어 이리저리 끌고 다니며 재미있게 놀았어요. 덕분에 라이챠란은 오전 내내 이 귀여운 어린 독재자에게서 벗어날 수 있었지요.

하지만 지금 라이챠란은 아기 도련님을 위해 꽃을 따고 싶지 않았어요. 꽃을 따기 위해서는 무릎까지 차오르는 진흙탕을 건너야만 했기 때문이에요. 그래서 괜히 하늘을 가리키며 큰 소리로 말했어요.

"도련님, 저기 새 좀 보세요!"

그러고는 유모차의 방향을 획 틀어 버렸어요. 그러나 장차 똑똑한 판사님이 될 아기 도련님은 그렇게 호락호락하지 않았어요. 게다가 하늘에는 새가 단 한 마리도 없었지요. 아기 도련님은 카담바나무에서 좀처럼 눈을 떼지 못했어요.

"알았어요, 도련님."

아기 도련님의 고집에 결국 라이챠란이 무릎을 꿇고 말았어요.

"제가 얼른 예쁜 꽃을 꺾어 올게요. 그동안 도련님은 여기 가만히 앉아 계셔야 돼요. 강가는 절대로 가까이 가시면 안

돼요. 위험하니까요."

　라이챠란은 아기 도련님에게 수차례 당부를 했어요. 아기 도련님은 잘 알겠다는 듯이 고개를 끄덕끄덕했어요. 라이챠란은 바짓가랑이를 무릎 위까지 걷어 올리고 진흙탕을 건너 나무가 있는 곳으로 다가갔어요.

　그런데 그때, 아기 도련님이 그만 유모차에서 내려오고 말았어요. 그러고는 라이챠란이 절대 가지 말라고 신신당부했던 강가 쪽으로 걷기 시작했어요.

　비는 이미 그쳤지만, 강물이 몹시 불어나서 물살이 여간 세찬 것이 아니었어요. 아무것도 모르는 아기 도련님은 그저 아장아장 강가를 향해 걸어갔어요. 마침 길가에는 작은 막대기 하나가 떨어져 있었어요. 아기 도련님은 천진난만하게 막대기를 줍더니, 강가에 앉아 낚시하는 흉내를 냈어요.

　잠시 후 라이챠란은 카담바나무에서 꽃을 한 아름 따 가지고 유모차로 돌아왔어요. 다리는 온통 진흙투성이였지만 꽃을 본 아기 도련님이 까르르 웃을 생각을 하니 뿌듯하기 그지없었어요.

　그런데 유모차는 텅 비어 있었어요. 유모차의 앞에도, 뒤에도, 그 어디에도 아기 도련님의 모습은 보이지 않았어요. 순간 라이챠란은 온몸의 피가 그대로 얼어붙은 듯한 느낌을 받았어요. 눈에는 어느덧 눈물로 가득 차 앞이 제대로 보이지 않을 정도였어요. 그는 덜컹 내려앉은 심장을 간신히 부여잡은 채 목이 터져라 외쳤어요.

"도련님! 도련님! 어디 계세요!"

그러나 아무런 대답도 들리지 않았어요. 아무리 귀를 기울여 봐도 '챤나, 나 여기 있어.'하는 아기 도련님의 목소리는 들리지 않았어요. 아기 도련님의 울음소리도, 웃음소리도, 짜증을 내며 투정 부리는 소리도, 귀찮다고 칭얼거리는 소리까지 전부 다 말이에요. 들리는 것이라고는 세차게 흘러가는 강물 소리뿐이었어요.

어느덧 저녁이 되었어요. 아기 도련님과 라이챠란이 돌아오지 않자 아기 도련님의 어머니는 걱정이 되어 도무지 가만히 있을 수가 없었어요. 그래서 사람을 보내어 아들을 찾아오도록 했어요.

사람들은 초롱•을 들고 마을 구석구석을 찾아 헤맸어요. 그러다 마침내 파드마 강둑까지 갔지요. 그러자 미친 듯이 돌아다니는 라이챠란의 모습이 보였어요. 그는 넋이 나간 얼굴로 강 주변을 헤매고 있었어요.

초롱 … 석유나 물 따위의 액체를 담는 데에 쓰는 양철로 만든 통.

"도련님, 도련님!"

사람들은 라이챠란을 끌고 집으로 돌아왔어요. 라이챠란은 안주인●의 발아래 머리를 조아리며 엎드렸어요. 사람들은 라이챠란에게 아기 도련님이 어디 있는지 물었어요. 그러나 라이챠란은 그저 멍한 표정으로 어디 있는지 모른다는 말만 되풀이할 뿐이었지요.

대부분 사람들은 파드마 강이 아기 도련님을 집어삼켰다고 생각했어요. 그러나 동시에 뒤숭숭한 소문도 돌았어요. 아기 도련님이 없어지던 날, 마을에 한 무리의 집시가 왔던 거예요. 사람들은 그 집시들이 아기 도련님을 데려간 것이 아닐까 의심했어요.

아기 도련님의 어머니는 라이챠란이 아들을 몰래 숨겨 둔 게 아닐까 생각했어요. 아들을 잃은 슬픔이 너무나 큰 나머지 그런 나쁜 생각까지 하게 된 거예요. 그녀는 라이챠란에게 간절한 목소리로 애원했어요.

"라이챠란 영감, 제발 내 아들을 돌려주게. 돈은 달라는 대로 줄 테니 제발 우리 아이를 돌려 달란 말이야."

라이챠란은 그저 눈물만 펑펑 쏟을 뿐이었어요. 아누쿨 역시 아들을 잃은 슬픔에 사로잡혔어요. 그러나 어릴 때부터 자

안주인 … 집안의 여자 주인.

신을 정성껏 돌봐 온 라이챠란이 그런 짓을 저질렀을 것 같지는 않았어요. 그래서 아내를 불러 이야기했지요.

"라이챠란은 우리 가족이나 마찬가지요. 도대체 왜 그가 아이를 훔쳐 갔다고 의심하는 거요?"

아내가 눈물 젖은 얼굴로 말했어요.

"우리 아이는 몸에 금붙이를 지니고 있었잖아요. 라이챠란이 순간 돈에 눈이 멀어 나쁜 마음을 먹었을지도……."

아누쿨은 아무런 말도 할 수 없었어요.

결국 라이챠란은 자신의 고향으로 돌아오게 되었어요. 그해 라이챠란의 나이 든 아내가 사내아이를 낳고는 세상을 떠났어요.

라이챠란은 자신의 아들을 바라보았어요. 처음으로 얻은 자식을 보자 그만 감정이 북받쳐 올랐어요. 아기 도련님 생각이 났던 거예요.

'혹시 이 아이가 아기 도련님 대신 태어난 것은 아닐까?'

라이챠란은 죄책감에 시달렸어요. 오랫동안 주인으로 모셨던 아누쿨의 아기는 강물에 휩쓸리고 말았는데, 자신은 이렇게 행복해도 되는지 두렵기만 했어요.

라이챠란의 누이는 아기의 이름을 '파일라'라고 지었어요.

누이는 죽은 어머니를 대신하여 아기를 잘 보살펴 주었어요.

그렇게 하루가 지나고 이틀이 지나고 시간이 점차 흐르자, 라이챠란은 서서히 죄책감에서 벗어났어요. 누워만 있던 파일라도 이제는 제법 기어 다닐 수 있게 되었어요. 가끔씩 문지방을 넘는 장난도 치고는 했지요.

파일라는 비록 갓난아기였지만 아주 똑똑한 행동을 할 때가 많았어요. 뿐만 아니라 웃음소리, 울음소리, 행동 하나하나까지 모두 아기 도련님과 똑같았어요.

하루는 라이챠란 귀에 파일라의 울음소리가 들려왔어요. 순간 라이챠란은 심장이 내려앉는 것만 같았어요. 오래전 잃어버린 아기 도련님이 자신을 애타게 찾으며 울고 있는 것 같았기 때문이에요.

파일라는 말도 아주 빠르게 배웠어요. 어느새 '빠빠', '마마' 하며 옹알이를 시작했지요.

그러던 어느 날이었어요. '빠빠', '마마'하는 옹알이를 듣던 라이챠란은 문득 머릿속이 환해졌어요. 그동안 어째서 파일라가 아기 도련님을 닮았는지 궁금해하며 간직해 왔던 수수께끼가 모조리 풀린 거예요. 아기 도련님이 바로 '챤나'를 잊지 못해서 라이챠란의 아들로 다시 태어난 것이었어요.

라이챠란이 그렇게 생각하게 된 데에는 몇 가지 이유가 있었어요.

첫째, 파일라는 아기 도련님이 죽은 후 얼마 지나지 않아 태어났어요.

둘째, 라이챠란의 아내는 늙은 몸으로 첫 아이를 낳았어요. 하지만 그런 축복을 받을 만큼 딱히 덕을 쌓은 것도 아니었지요. 그러니 아기가 태어난 데에는 분명히 다른 이유가 있다고 생각한 거예요.

셋째, 파일라가 아장아장 걸으며 '빠빠', '마마'하고 말하는 소리는 예전 아기 도련님의 목소리와 아주 흡사했어요.

그리고 마지막으로, 파일라 역시 아기 도련님처럼 매우 똑똑했어요. 마치 이다음에 훌륭한 판사가 될 것처럼 말이에요.

'그래, 그거였어!'

그러자 라이챠란은 가슴이 아파왔어요. 아누쿨의 아내이자 아기 도련님의 어머니였던 전 안주인을 떠올린 거예요.

'그래, 그때 마님의 말이 맞았어. 나는 그 집의 소중한 아이를 훔친 거나 다름없는 거야.'

라이챠란은 정말 죄를 지은 것처럼 고통스러워했어요.

그 후 라이챠란은 파일라를 훌륭하게 키우는 데 자신의 모

든 것을 바쳤어요. 아들은 부잣집 자식이고 자기는 그 집 시종이라도 된 것 마냥 정성껏 아이를 키웠지요.

아기들이 타는 유모차도 사 주고, 샛노란 비단 조끼도 사 주고, 금슬이 잔뜩 달린 모자도 사 주었어요. 죽은 아내의 패물을 녹여 팔찌와 발찌도 만들어 주었어요. 동네 아이들과도 함부로 어울려 놀지 못하게 했어요. 오직 자신만이 파일라의 유일한 친구가 되어 밤낮으로 시중을 들었지요.

어느덧 파일라는 소년이 되었어요. 동네 아이들은 파일라를 '도련님'이라 부르며 놀려 댔어요. 어렸을 때부터 라이챠란이 응석을 다 받아 준 탓에 버릇이 없었고, 신분에 비해 너무나 화려한 옷을 입고 다녔기 때문이에요. 동네 어른들도 아들에게 이상하리만치 정성을 쏟아 붓는 라이챠란에 대해 수군거렸어요.

파일라가 학교에 갈 나이가 되자, 라이챠란은 작은 땅을 팔아 콜카타로 집을 옮겼어요. 라이챠란은 그곳에서 남의 집 하인으로 일을 하며 파일라의 학비를 벌었어요.

그는 파일라가 맛있는 음식을 먹고 좋은 옷을 입으며 일류 교육을 받을 수 있도록 뒷바라지했어요. 정작 자신은 식어 빠진 주먹밥으로 대충 끼니를 때우면서 말이에요. 그러면서도 불평은커녕 오히려 마음속으로 이렇게 다짐하는 것이었어요.

'고마운 아기 도련님! 나를 원망하는 대신 내 아이로 다시 태어나 주시다니. 다시는 도련님을 고생시키지 않을 거야.'

그렇게 12년이 흘렀어요. 파일라는 누구보다 똑똑한 아이로 자라났어요. 얼굴도 아주 잘생기고 건강한 소년이 되었어요.

파일라는 자기 외모를 꾸미는 일에 몹시 신경을 썼어요. 사치도 심해서 라이챠란이 버는 돈을 마구 써 버렸지요. 파일라는 라이챠란을 좋아하기는 했지만 존경하지는 않았어요. 태어날 때부터 아버지가 하인처럼 자신을 떠받드는 모습만 보아 왔기 때문이에요.

파일라의 학교 친구들도 마찬가지였어요. 그들은 라이챠란의 행동과 허름한 옷차림을 보고 마구 비웃었어요. 파일라도 그런 친구들과 함께 아버지를 놀려 댔어요.

라이챠란의 건강은 점점 나빠져만 갔어요. 아들을 키우느라 좀처럼 잘 먹어 본 일이 없기 때문이에요. 급기야 일도 제대로 할 수 없을 정도로 몸이 많이 안 좋아졌어요.

라이챠란이 일하는 곳의 사장은 정신도 오락가락하고 매일같이 물건을 잃어버리는 직원을 그대로 두고 볼 수만은 없었

어요. 결국 라이챠란은 회사에서 쫓겨나고 말았어요. 땅을 판 돈은 이미 예전에 다 써 버렸기 때문에 어떻게 살아야 할지 막막하기만 했어요.

고민 끝에 라이챠란은 중대한 결정을 내렸어요. 그는 짐을 꾸린 뒤 파일라에게 약간의 돈을 주며 말했어요.

"시골집에 볼일이 있어서 잠시 다녀올 테니 기다리고 있으렴."

라이챠란은 바라세트라는 곳으로 향했어요. 아누쿨이 그곳에서 판사로 있다는 소식을 들었던 거예요. 아누쿨의 부인은 여전히 아들을 잃은 슬픔에서 벗어나지 못하고 있었어요. 그래서 자식도 더 이상 갖지 못하고 있었어요.

늦은 오후였어요. 아누쿨은 짙은 노을이 깔린 뜰 안을 이리저리 거닐고 있었어요. 그는 어제 있었던 일 때문에 마음이 몹시 심란한 상태였어요. 아내가 웬 이상한 장사꾼에게 아주 비싼 돈을 주고 약초 하나를 산 거예요. 아무래도 그 약초를 달여 먹으면 아이를 가질 수 있다는 거짓말에 깜박 속아 넘어간 것 같았지요.

아누쿨이 크게 한숨을 내쉬는데, 문득 뒤에서 인기척이 들려왔어요. 아누쿨이 고개를 돌리자 라이챠란의 모습이 보였어요. 아누쿨은 가족처럼 여겼던 라이챠란을 보자 반가우면 서도 한편으로는 화가 치밀어 올랐어요. 라이챠란이 자신의 아들을 죽였다는 생각이 떠오른 거예요.

"저, 안주인 마님께 인사를 드리고 싶어 찾아왔습니다."

라이챠란이 머뭇거리며 말했어요.

아누쿨은 라이챠란을 데리고 부인에게로 향했어요. 아누 쿨의 아내 역시 쌀쌀맞은 태도로 라이챠란을 대했어요. 라이 챠란은 무언가 결심한 듯 비장한 얼굴로 입을 열었어요.

"마님, 죽을죄를 지었습니다. 사실 그날 도련님을 빼앗아 간 것은 파드마 강물이 아닌 바로 저였습니다. 부디 용서해 주세요."

그러자 아누쿨이 깜짝 놀라 외쳤어요.

"뭐? 그럼 그 아이는 지금 어디에 있단 말인가!"

라이챠란이 재빨리 대답했어요.

"저와 같이 있습니다. 제가 모레까지 데리고 오겠습니다."

이틀 뒤 아누쿨 부부는 아침부터 라이챠란이 오기만을 손 꼽아 기다렸어요. 10시가 되자 길모퉁이에서 라이챠란의 모 습이 보였어요. 그 옆에는 파일라가 있었지요.

아누쿨의 부인은 울컥하는 것을 참으면서 파일라를 와락

껴안았어요. 그러고는 눈물을 흘리며 파일라의 얼굴을 여기저기 어루만지기 시작했어요. 머리와 이마에 입을 맞추고 그새 까먹을세라 눈물 고인 눈으로 아이의 얼굴을 찬찬히 바라보았어요. 파일라는 아주 잘생긴 얼굴에 옷차림도 꼭 부잣집 도련님 같았어요. 아누쿨의 부인은 파일라가 자신의 아이라고 확신했어요.

아누쿨 역시 당장이라도 파일라에게 달려가 꼭 안아 주고 싶었어요. 그러나 아누쿨은 판사답게 예리한 질문을 던졌어요.

"그런데 라이챠란 영감, 증거는 있소?"

"예? 증거요?"

아누쿨의 말에 라이챠란이 깜짝 놀라 물었어요.

"이 아이가 12년 전 없어진 우리 아이라는 증거 말이요."

라이챠란은 잠시 당황했지만 이

내 태연한 얼굴로 대답했어요.

"제가 주인님의 아기를 훔쳤다는 것은 신께서 알고 계십니다. 이보다 더한 증거는 없지요."

아누쿨은 다시 파일라를 바라보았어요. 아내는 여전히 파일라를 꼭 안은 채 눈물을 흘리고 있었어요. 아내의 얼굴에는 이제 다시는 보지 못할 줄 알았던 행복한 미소까지 깃들어 있었어요. 그 모습에 아누쿨은 입을 다물기로 했어요.

'그래, 아내가 저렇게 좋아하는데 이제 와서 증거를 찾아 봤자 무슨 소용이겠어? 라이챠란 같은 늙은이가 저렇게 잘생기고 똑똑한 아이를 얻었을 리가 없지. 그는 충실한 하인이었으니 나를 속이는 일은 없을 거야.'

생각을 정리한 아누쿨은 짐짓 점잖은 태도로 말했어요.

"우리 아이라는 영감의 말을 믿겠소. 그러나 라이챠란 영감, 당신은 이제 우리 집에 받아줄 수 없소. 하인으로서, 손님으로서도 말이오."

"그럼 저는 대체 어디로 가라는 말씀이십니까? 저처럼 나이 든 영감을 어디에서 받아주겠어요……."

라이챠란이 울먹이는 목소리로 말했어요.

"여보, 저는 이미 라이챠란을 용서하기로 했어요. 그러니 우리 집에 머무르도록 해 주세요. 이 아이도 라이챠란이 있는 편을 훨씬 좋아할 거예요."

그러나 아누쿨은 공과 사를 확실히 할 줄 아는 판사였어요. 라이챠란이 비록 충실한 하인이라 할지라도 자신의 아들을 빼앗은 일만큼은 용서할 수 없었어요.

"그럴 수는 없소. 당신, 그동안 우리가 고통 받았던 12년을 떠올려 보시오. 나는 절대로 용서할 수 없소. 라이챠란 영감, 자네는 이제 죗값을 치러야 하네."

깜짝 놀란 라이챠란은 아누쿨의 발을 붙잡고는 엎드린 채 싹싹 빌기 시작했어요.

"나리, 제발 용서해 주세요. 아기 도련님을 훔친 것은 사실이지만, 그것은 신께서 명령하신 일이었습니다."

라이챠란의 애원에 아누쿨은 오히려 화가 치밀었어요. 자신이 저지른 죄를 신의 탓으로 돌리는 라이챠란의 변명이 너무나 괘씸했던 거예요.

"나는 이제 영감을 믿을 수가 없네! 자네는 우리 가족을 배신했어!"

파일라는 지금 자신을 둘러싸고 벌어진 일에 머리가 터질 것만 같았어요.

'내가 아버지의 아들이 아니었다니, 이 부잣집 판사가 정말 우리 아버지였다니…….'

파일라는 동네 아이들의 비웃음을 사며 천한 계급으로 살아온 지난날이 화가 나서 견딜 수 없었어요. 하지만 용서를 구하며 흐느끼는 라이챠란을 보니 왠지 불쌍하기도 했어요.

"아버지, 이 아저씨를 용서해 주세요."

파일라는 이제 자신의 새로운 아버지가 된 아누쿨에게 말했어요.

"비록 같이 살 수는 없지만 매달 약간의 돈을 주기로 해요. 이 아저씨는 늙어서 이제 더 이상 일도 할 수 없으니까요."

아들의 말을 들은 라이챠란은 순간 말문이 턱 막혔어요. 그는 여전히 엎드린 채, 고개를 들어 아들의 얼굴을 마지막으로 올려다보았어요. 그러고는 몸을 일으켜 옛 주인에게 공손히 인사한 뒤 집을 빠져나갔지요. 그의 모습은 어느새 거리를 걷는 수많은 사람들 속에 섞이고 말았어요.

그 달 말이 되었어요. 아누쿨은 라이챠란이 괘씸했지만 그래도 불쌍한 마음에 약간의 돈을 부쳐 주었어요. 그러나 돈은 그대로 되돌아왔어요. 그곳에는 이제 라이챠란이라는 사람이 더 이상 살지 않았던 거예요.

「가난한 사람들」

빅토르 위고

> 쟈니는 죽은 여인의 발밑에서, 낡고 더러운 포대기 안에 누워 있는 아기들을 발견했어요. 제대로 먹지 못했는지 다른 아기들보다 몸집이 훨씬 작아 보였어요. 좀 핼쑥하긴 하지만, 금발 곱슬머리와 빨간 뺨은 사랑스럽기 그지없었어요. 아기들은 제 어머니가 죽은 것도, 사나운 폭풍우가 몰아치는 것도 모른 채 서로를 마주 보며 천진난만한 얼굴로 잠들어 있었어요.

폭풍우가 휘몰아치는 어느 밤이었어요. 가난한 어부의 오두막집 창가에는 아직도 불이 켜져 있었어요. 쟈니는 난로 옆에 앉아 누더기 조각으로 다 해진 돛을 깁고 있었어요.

밖은 여전히 매서운 바람이 이리저리 날뛰고 있었어요. 빗줄기는 거친 손놀림으로 유리창을 사정없이 두드리고 있었고요. 마치 당장이라도 유리창을 날려 버릴 것만 같은 기세였어요. 성난 파도가 바위에 부딪쳐 "철썩, 철썩, 쏴……" 하고 부서지는 소리가 집 안까지 들려왔어요. 그 무시무시한 소리에 쟈니는 부르르 몸을 떨었어요.

폭풍우는 쉽사리 그치지 않았어요. 하지만 오두막집은 쟈니를 아늑하고 포근하게 감싸 주었어요. 난로 속에서는 마른 장작이 타닥타닥 소리를 내며 타오르고 있었고, 찬장에는 새하얀 접시들과 그릇들이 가지런히 놓여 있었어요.

집 안은 비록 흙만 바른 맨바닥이었지만 먼지 하나 없이 깨끗하게 청소한 상태였지요. 허름한 침대 위에는 두툼한 솜이불이 잘 개어져 있었어요. 주름이 접힌 곳은 단 한 군데도 없었지요. 바닥에 깔린 낡은 카펫 위에서는 다섯 명이나 되는

아이들이 새근새근 자고 있었어요. 창밖에 몰아치는 거센 폭풍우는 아랑곳없이, 발간 뺨에 귀여운 미소까지 지은 채 말이에요.

그러나 쟈니의 남편은 이 시간까지도 바다에 나가 있었어요. 이렇게 춥고 비바람이 몰아치는 날씨에 바다로 나가는 건 몹시 위험한 일이었어요. 하지만 하루 벌어 하루 먹고사는 형편에 날씨를 따져 가며 일할 수는 없는 노릇이었어요. 가만히 앉아서 아이들을 굶길 수는 없으니까 말이에요.

지금 쟈니는 바느질을 하고 있었지만, 마음은 온통 남편에게 가 있었어요. 정신없이 몰아치는 비바람 속에서 문득 갈매기의 구슬픈 울음소리가 들려왔어요. 순간 불길한 예감에 쟈니의 심장이 쿵쾅쿵쾅 뛰었어요. 높은 파도가 남편의 배를 집어삼키는 끔찍한 장

빅토르 위고(1802~1885)

빅토르 위고는 프랑스인들에게 매우 사랑받고 존경받는 소설가이자 정치가예요. 빅토르 위고는 나폴레옹 3세의 쿠데타에 반대해 민주화 운동을 벌이다가 외국으로 쫓겨나서 19년 동안이나 이곳저곳을 떠돌았어요. 그동안 『레 미제라블』, 『노트르담의 꼽추』, 『바다의 노동자』 등 유명한 소설을 여럿 썼어요.
이후 빅토르 위고는 프랑스로 돌아와 전 국민의 존경을 받으며 살았어요. 그가 세상을 떠나자, 나라에서 직접 장례식을 치러 주었어요. 이것을 '국장'이라고 하는데, 문학가로서는 최초로 이러한 명예가 주어진 것이라고 해요.

면이 눈앞에 아른거렸어요. 암초에 부딪친 배는 그대로 박살이 나고, 물에 빠진 사람들은 살려 달라고 허우적거리다 그만……. 

"안 돼, 이런 끔찍한 생각은!"

쟈니는 벌벌 떨며 몸을 웅크렸어요. 

그때 낡은 괘종시계가 '땡, 땡, 땡…….' 하고 울리며 시간을 알렸어요. 철부지 아이들은 아무것도 모른 채 곤히 잠들어 있었지요. 쟈니는 남편과 아이들을 떠올렸어요. 살아간다는 건 결코 만만한 일일이 아니라는 생각도 했지요.

지금 쟈니의 남편은 어둠과 추위 그리고 매서운 비바람과 싸우며 위험을 무릅쓰고 바다에서 일을 하고 있었어요. 쟈니 역시 새벽부터 밤늦게까지 쉬지 않고 일을 했지요. 힘들고 고 달프지만 가족을 위해 부지런히 일한다는 것은 얼마나 보람차고 소중한 일인지요!

그러나 쟈니네 가족의 형편은 그렇게 좋지 않았어요. 쟈니의 다섯 아이들은 낡은 신발조차 없어 1년 내내 맨발로 다녀야만 했어요. 검은 빵은 그들에게는 더 없이 소중한 식량이었어요. 그 딱딱한 빵이라도 날마다 배불리 먹을 수 있다면 얼마나 좋을까요? 그래도 바닷가에 사는 덕택에 가끔씩 이웃에게 생선을 얻어먹을 수 있었어요.

이런 가난한 생활 속에서도 별 탈 없이 건강하게 자라는 아이들을 보며 하느님께 감사할 뿐이었어요. 쟈니는 눈을 감고 두 손을 모은 채 마음속으로 기도를 올렸어요.

‘하느님! 지금 그이는 바다에서 저희 가족을 위해 힘들게 일하고 있습니다. 부디 그이를 지켜 주세요.’

그러나 비바람은 좀처럼 멈출 것 같지 않았어요. 오히려 더 세게 불어닥치는 것만 같았지요. 쟈니는 돛을 깁다 말고 외투를 걸치고는 램프를 켜든 채 밖으로 나갔어요. 혹시나 남편이 무사히 일을 마치고 돌아오고 있지는 않은지, 바다는 좀 잔잔해졌는지, 거센 바람에 등대의 불이 꺼진 것은 아닌지 살피기 위해서였어요.

밖은 여전히 폭풍우가 휘몰아치고 있었어요. 쟈니는 서둘러 아랫마을로 향했어요. 동네 어귀의 해변가 근처에 있는 낡은 오두막집이 나타났어요. 벽은 허물어졌고, 문짝은 거의 다 부러져 가는 기둥에 매달려 있었어요.

바람은 이 낡은 오두막집을 삼켜 버리겠다는 듯 거세게 몰아쳤어요. 문짝은 연신 삐걱거렸고 지붕을 덮은 낡은 지푸라기는 ‘바스락바스락’ 소리를 내며 간신히 붙어 있었어요.

그 집에는 시몬 부인과 두 아이가 살고 있었어요. 그녀의 남편은 둘째 아이가 태어나기도 전에 세상을 떠나고 말았지요. 부인은 병에 걸렸지만, 그녀를 돌봐 줄 사람은 아무도 없었어요.

쟈니는 잠시 걸음을 멈춘 뒤 창문 너머로 집 안을 들여다보았어요. 집 안은 마치 사람이 살지 않는 것처럼 컴컴하고 조용했어요.

'가엾은 사람! 내가 진작 돌봐 줬어야 했는데, 바쁘다는 핑계로 깜박하고 말았어. 남편은 돌봐 줄 가족도 친척도 없는 저 부인을 항상 걱정했었는데…….'

쟈니는 문을 두드렸어요. 그러나 안에서는 아무런 인기척도 느껴지지 않았어요.

쟈니는 머뭇거리며 생각했어요.

'어린 아이들을 두고 앓아눕다니, 정말이지 불쌍해서원……. 둘째 아이를 임신했을 때 남편이 그만 세상을 떠났다지. 저 어린 것들이 배라도 곯고● 있는 건 아닌지…….'

쟈니는 다시 문을 두드렸지만 안에서는 여전히 아무런 소리도 들리지 않았어요.

"안에 아무도 없나요? 안 계세요?"

곯다 … 아주 적게 먹
거나 굶다.

쟈니는 문을 쾅쾅 두드리며 소리쳤어요. 어디 외출이라도 한 것일까요? 하지만 이렇게 비가 내리치는데, 아픈 몸을 이끌고 어디를 가겠어요?

쟈니는 고개를 갸웃거리며 돌아섰어요. 비에 젖은 몸이 오들오들 떨려왔어요.

그때였어요. 어디선가 세찬 바람이 휘몰아쳤어요. 중심을 잃은 쟈니는 비틀거리며 문에 부딪치고 말았지요. 그러자 잠겨 있는 줄로만 알았던 문이 슬그머니 열렸어요. 쟈니는 잠시 고민하다가 램프를 들고 집 안으로 들어섰어요.

집 안은 무척이나 캄캄했어요. 말이 집이지 바깥보다 더 추울 지경이었지요. 천장 여기저기에서 빗물이 새어 흘러내리고 있었어요. 램프의 은은한 불빛이 비치자 을씨년스럽게 보이기까지 했지요.

쟈니는 얼굴을 찡그리며 벽 쪽을 돌아보았어요. 아무렇게나 쌓인 지푸라기 더미 위에 누군가 누워 있는 것이 보였어요. 가까이 다가가 보니 세상에, 싸늘한 시체로 변해 버린 시몬 부인이었어요.

시몬 부인은 고개를 뒤로 젖히고, 핏기 하나 없는 창백한 얼굴로 누워 있었어요. 고통과 절망으로 가득 찬 두 눈을 부

릅뜬 채로 말이에요. 푸르죽죽한 손은 죽기 직전 무언가를 잡
으려 했는지 지푸라기 더미 아래로 축 늘어져 있었어요.

쟈니는 죽은 여인의 발밑에서, 낡고 더러운 포대기 안에 누
워 있는 아기들을 발견했어요. 제
대로 먹지 못했는지 다른 아기들
보다 몸집이 훨씬 작아 보였어요.
좀 핼쑥하긴 하지만, 금발 곱슬머
리와 발간 뺨은 사랑스럽기 그지
없었어요. 밖에서 아기들은 제 어
머니가 죽은 것도, 사나운 폭풍우
가 몰아치는 것도 모른 채 서로를
마주 보며 천진난만한 얼굴로 잠
들어 있었어요.

아기들의 발은 헌 이불로 돌돌
말아져 있었고, 몸 위에는 아기들
이 춥지 않도록 시몬 부인의 허름
한 옷가지가 덮여져 있었어요. 시
몬 부인은 죽는 그 순간까지 자식
들을 보살폈던 거예요. 어머니의

『레 미제라블』

『레 미제라블』은 빅토르 위고가 1862년
발표한 장편 소설로, 주인공 장 발장의
파란만장한 인생 이야기예요. 우리나라
에는 주인공의 이름을 따서 『장 발장』이
라는 제목으로 소개 되었어요.
장 발장은 빵 한 조각을 훔친 죄로 5년
의 감옥살이를 하게 되었으나 탈옥을 하
려다 결국 19년간의 감옥살이를 하게 돼
요. 세상에 불만이 가득 차 있던 장 발장
은 미리엘 신부의 도움을 받으면서 사랑
을 깨닫고, 시장으로 출세하여 착한 일
을 해요. 하지만 장 발장을 뒤쫓는 사람
이 생기면서 여러 사건이 일어나지요.
장 발장의 이야기를 담은 『레 미제라블』
은 사람을 소중히 여기는 마음이 잘 드
러나 있다는 평가를 받으며, 오늘날까지
도 전 세계에서 사랑을 받고 있어요.

사랑 앞에서는 죽음의 공포마저 아무것도 아니었던 거지요.

한 아기는 고사리 같은 손으로 뺨을 고이고 있었고, 다른 아기는 형의 목덜미에 머리를 지그시 기대고 있었어요. 아기들의 숨소리는 금방이라도 꺼질 듯이 가냘팠지만, 죽음의 신조차 다가가지 못할 정도로 달콤한 잠에 푹 빠져 있는 것처럼 보였어요.

비바람은 점점 더 거세지고 있었어요. 그때 천장에서 새던 빗줄기 한 방울이 죽은 여인의 뺨에 뚝 떨어져 내렸어요. 그러고는 시몬 부인의 뺨을 타고 천천히 흘러내렸어요. 램프 불빛에 비쳐 반짝거리는 그것은 죽어서도 자식들을 걱정하는 어머니의 눈물 같았어요.

쟈니는 도망치듯 집을 빠져나왔어요. 무언가를 숨겼는지 외투 안이 불룩한 채였어요. 쟈니의 심장은 걷잡을 수 없이 쿵쾅쿵쾅 뛰었어요. 누군가가 뒤에서 자기를 쫓아오는 건 아닌지 무서워 견딜 수 없었어요. 죽은 여인의 집에서 무언가 훔쳐 온 것일까요?

집으로 돌아온 쟈니는 외투 속에 싸들고 온 것을 침대에 올려놓았어요. 그리고 두툼한 솜이불로 덮어 버렸지요. 그녀는 의자에 털썩 앉아 가쁜 숨을 고르기 시작했어요. 그러고는 창백해진 얼굴을 침대에 묻고 중얼거렸어요.

"아아, 내가 무슨 짓을 한 거지? 그이가 이 사실을 알면 뭐라고 할까? 아, 난 정말 바보야……. 정신이 나간 거라고!"

그때 문밖에서 인기척이 났어요. 깜짝 놀란 쟈니는 벌떡 일어나 문밖을 살폈어요.

"아, 그이가 아니었구나. 하느님! 온종일 일하고 돌아올 남편에게 이런 짓을 했다고 어떻게 말할 수 있을까요? 그이의 얼굴조차 제대로 보지 못할 것만 같아요."

이윽고 비가 그치고 날이 밝아왔어요. 그러나 바람은 여전히 세차게 불고, 바다에서는 거센 파도 소리가 철썩철썩 들려왔어요.

그때였어요. 문밖에서 인기척이 들리더니, 이윽고 문이 열렸어요. 차가운 바람 한줄기가 안으로 새어 들어왔어요. 그리고 키가 크고 건장한 체격의 어부가 그물을 질질 끌며 집 안으로 들어섰어요. 온몸이 흠딱 젖어 옷자락에서 물을 뚝뚝 흘리면서 말이에요.

"쟈니, 나 왔소!"

남편이 기쁜 목소리로 말했어요.

"오, 당신이군요!"

쟈니는 가까스로 대꾸했을 뿐, 고개를 푹 숙이고 있었어요.
차마 남편의 얼굴을 바라볼 수 없었던 거예요.

"정말로 무서운 밤이었어! 날씨 한번 정말 고약했지."

"그러게요, 정말 무섭지 뭐예요. 고기는 많이 잡았나요?"

"고기가 다 뭐야, 멀쩡한 그물만 찢어졌소. 글쎄, 태어나서 이렇게 무서운 폭풍우는 처음 봤지 뭐야? 배가 무슨 장난감처럼 왔다 갔다 하는데, 금방이라도 뒤집어질 것만 같았지. 돛을 단 밧줄까지 다 끊어지는 바람에 정말 죽을 뻔했소. 이렇게 살아 돌아온 게 천만다행이지."

남편은 난로 옆에 앉아 불을 쬐었어요.

"나 없는 사이에 당신은 뭐하고 있었소?"

"아, 그게……, 그러니까……."

쟈니는 남편의 질문에 당황해서 어쩔 줄을 몰랐어요.

"그, 그냥 바느질을 하고 있었지요. 간밤에 폭풍우가 어찌
나 세차게 부는지, 내내 당신 생각만 했어요. 나도 이렇게 무
서운데, 당신은 얼마나 고생하고 있을까 하고요."

"그래, 정말 지독한 날씨였지."

그러고는 침묵이 흘렀어요. 부부는 한동안 난롯불을 쬐며
가만히 앉아 있기만 했지요.

"저어, 여보……."

쟈니가 입을 열었어요.

그녀는 큰 죄를 고백하는 사람처럼 더듬거리며 천천히 말
을 시작했어요.

"시몬 부인이 죽었어요. 언제 죽었는지는 모르겠어요. 당신
이 걱정되어 밖에 나갔다가 들러 보니 그만……. 어린 것들이
얼마나 걸렸으면 글쎄, 눈도 제대로 못 감고 죽었더라고요.
그럴 만하지요. 큰 아이는 이제 겨우 기어 다니고, 작은 아이
는 아직 말도 제대로 못하니까요……."

남편은 숙연한 표정으로 쟈니의 말을 들었어요. 연민과
미처 돌봐 주지 못한 미안함이 뒤섞여 그의 얼굴이 딱딱하게

연민 … 불쌍하고 가련
하게 여김.

굳어만 갔어요.

"정말 안됐군, 하늘도 참 무심하시지. 죽은 아주머니도 불쌍하지만 남은 아이들은……."

그는 목덜미를 문지르며 안타까움을 감추지 못했어요. 그러다 무언가 결심한 듯 이렇게 말했어요.

"어쩌겠어? 아기들이라도 데려와야지. 그 불쌍한 것들이 자고 일어나면 엄마를 찾으며 울지 않겠어? 자, 어서 가서 데리고 오자고."

그러나 쟈니는 좀처럼 의자에서 일어나려 하지 않았어요. 남편은 그런 쟈니를 보며 재촉했어요.

"빨리 움직이자고. 그 어린 아이들까지 폭풍우 속에서 죽게 할 수는 없잖아."

"저기, 그게……."

"왜, 당신 싫어? 아이들을 데려오는 게 내키지 않는단 말이야? 정말이지 당신답지 않군!"

쟈니는 아무 말 없이 몸을 일으키더니, 남편의 손을 잡고 침대 곁으로 이끌었어요. 그러고는 덮어 놓았던 솜이불을 살며시 걷어 보였지요.

이불 안에는 죽은 시몬 부인의 아기들이 새근새근 자고 있

었어요. 행복한 꿈이라도 꾸는 걸까요? 사이좋게 맞댄 얼굴은

더할 나위 없이 평화롭게 보였어요.

백만 엄마들의 가슴을 뛰게 만든 바로 그 책,
〈공부가 되는〉 시리즈

- 재미와 호기심을 충족시키며 교과 연계 학습까지 되는 **기초 교양 학습서**

- 연이은 백만 엄마들의 뜨거운 호평, **출간 즉시 베스트셀러 도서**

- 통섭과 융합형 교과서로 **하버드 대학 교수가 추천한 도서**

1. 공부가 되는 세계 명화
2. 공부가 되는 한국 명화
3. 공부가 되는 식물도감
4. 공부가 되는 공룡 백과
5. 공부가 되는 유럽 이야기
6. 공부가 되는 그리스로마 신화
7. 공부가 되는 별자리 이야기
8. 공부가 되는 삼국지
9. 공부가 되는 탈무드 이야기
10, 11. 공부가 되는 조선왕조실록〈전2권〉
12. 공부가 되는 저절로 영단어
13. 공부가 되는 저절로 고사성어

14, 15. 공부가 되는 한국대표고전〈전2권〉
16, 17. 공부가 되는 셰익스피어 4대 비극·5대 희극〈전2권〉
18. 공부가 되는 논어 이야기
19. 공부가 되는 우리문화유산
20, 21. 공부가 되는 경제 이야기〈전2권〉
22, 23, 24. 공부가 되는 한국대표단편〈전3권〉
25. 공부가 되는 로빈슨 과학 탈출기
26. 공부가 되는 일등 멘토의 명연설
27, 28, 29. 공부가 되는 과학백과 우주, 지구, 인체〈전3권〉
30. 공부가 되는 가치 사전
31. 공부가 되는 안네의 일기
32. 공부가 되는 톨스토이 단편선

33. 공부가 되는 긍정 명언
34. 공부가 되는 이솝 우화
35. 공부가 되는 창의력 백과
36. 공부가 되는 재미있는 어휘사전
37. 공부가 되는 삼국유사
38. 공부가 되는 삼국사기
39. 공부가 되는 재미있는 한국사 1
40. 공부가 되는 아메리카 이야기
41. 공부가 되는 세계 지리 지도
42. 공부가 되는 재미있는 한국사 2
43. 공부가 되는 파브르 곤충기

〈공부가 되는〉 시리즈는 계속 출간됩니다.

〈십대들을 위한 인성교과서〉 시리즈

십대가 시작되는 시기부터
늘 머리맡에 두고 반복해서 읽어야 할 책

태도
줄리 데이비 글, 그림 | 박선영 옮김
14,000원

목표
줄리 데이비 글, 그림 | 박선영 옮김
14,000원

선택
줄리 데이비 글, 그림 | 장선하 옮김
14,000원

진정한 부
줄리 데이비 글, 그림 | 장선하 옮김
14,000원

〈초록별〉 시리즈

꿈이 되는 이야기, 마음을 키우는 책 읽기

엄마는 외계인
박지기 글 | 조형윤 그림 | 8,500원

아빠가 보고 싶은 아이
나가사키 나쓰미 글 | 오쿠하라 유메 그림
김정화 옮김 | 11,000원

친구 만들기
줄리아 자만 글 | 케이트 팽크허스트 그림
조영미 옮김 | 11,000원

아기 토끼의 엄마 놀이
모리야마 미야코 글 | 니시카와 오사무 그림
김정화 옮김 | 11,000원